FOLIO POLICIER

Paul Clément

Je tue à la campagne

Gallimard

I

Avant d'enfiler sa veste, Anneau examina une dernière fois son nouveau visage. Depuis la tempe jusqu'au menton, une étendue de peau tiraillée, brûlante, douloureuse, lie-de-vin, déformait ce beau visage d'étudiant aux cheveux gris.

— Vous croyez, Docteur, que la barbe va repousser ?

— Non.

Il avait un moignon à la place de l'oreille.

— Et mon audition ?

— Il vous reste une oreille.

Il enfila une paire de Ray-Ban, ajusta le col de sa veste chinée grise et descendit au rez-de-chaussée de l'hôpital. Il attendit devant la porte de l'Administration pour récupérer les papiers de la Sécurité Sociale. Le couloir dallé était éclairé par un faux plafond à la lumière pâle. Assise en face de lui, une jeune brune en robe jaune à fleurs et veste de velours le regardait. Un enfant traînait sur le carrelage. Deux infirmières passèrent en jacassant, puis un nègre en blouse qui poussait un chariot avec dessus une espèce d'aquarium. À l'intérieur, un bébé ratatiné couleur de framboise écrasée dormait dans des plis blancs. La couveuse et le nègre tournèrent vers l'aile nord. La fille assise fixait toujours Anneau.

Elle pensait à Niki Lauda. Le gosse se traînait devant la porte. Anneau feuilleta *Jours de France* et un magazine d'art. La fille croisa les jambes et continua à le dévisager. Anneau feuilleta la revue d'art.

— Vous voulez ma photo ? dit-il.

La femme ne réagit pas. Elle se pencha vers son enfant. Une infirmière en chef ouvrit la porte. Une sorte de garde-chiourme en blanc avec des chaussures tressées.

— Monsieur Anneau ?

— Oui.

— Vos papiers.

— Merci.

— Voici une enveloppe du Docteur Tournaire.

— Qu'est-ce qu'il y a dedans ?

— Des conseils d'ordre psychologique.

Anneau fourra le tout dans sa poche de veste.

— Bon courage ! Revenez nous voir…

Il se dirigeait vers la double porte vitrée qui donnait sur les pelouses quand l'infirmière en chef lui dit d'une voix forte :

— Courage !

L'air de dehors lui fouetta le visage. Il eut mal.

Il pensa à tous les pansements et suppurations et charcutages que sa peau avait subis. Il marcha dans l'allée. Un infirmier lavait une ambulance au jet. La lumière était grise et froide sur l'hôpital de Saint-Malo. Un taxi attendait devant la grille avec son cliquetis de Diesel. Anneau monta.

— Pas de bagages ?

— Non. Au Mesnil Mirloup, par Miniac-Morvan.

Le taxi tourna au milieu de la chaussée, sortit de Saint-Malo, prit la route de Rennes à quatre voies.

Sur la D 73, Anneau fut pris d'un malaise. Il dit au chauffeur :

— Arrêtez un instant, s'il vous plaît.

Sur sa gauche, un champ bordé de peupliers, une mare, des haies touffues avec un feuillage qui brillait au soleil. Plus haut, un ciel bleu et le silence. Il marcha dans les herbes douces et écouta. Des voitures glissaient, simples points brillants sur la D 4 vers Dol. Ici, il n'y avait que les champs. Il écouta bruire les peupliers et rentra dans le taxi. Le malaise avait disparu.

Le Mesnil-Mirloup est une vaste demeure Directoire construite dans une clairière. Anneau la louait depuis 1969, après son retour du service militaire. Il avait installé son atelier de réparation dans un baraquement laissé en lisière de forêt par les Allemands. Depuis, il n'avait jamais eu envie de changer quoi que ce soit à sa vie : ni mariage, ni déménagement, ni histoires avec le voisinage.

Adilia apporta un plateau laqué noir avec dessus une tasse bleue, un pot de café en porcelaine blanche, deux sucres enveloppés, et une cuillère sortie d'une vieille argenterie. Anneau but son café en regardant par la fenêtre les frêles feuillages des ormes. La barrière avait été repeinte.

— C'est vous, Adilia, qui avez repeint ?

— Oui, Monsieur.

— C'est gentil, je vous remercie.

— J'ai inscrit les téléphones sur l'agenda.

— Je verrai plus tard.

Après le café, Anneau visita l'atelier. Il était heureux de retrouver cette longue pièce poussiéreuse et amicale, avec les canapés les uns sur les autres, des bancs d'église, des pots de brou de noix, des boîtes de vis, l'établi, les ciseaux bien rangés. Il resta dans la faible lumière latérale de la lucarne. Adilia secouait les tapis au soleil. Anneau s'installa dans un fauteuil Voltaire. Il lut le courrier. Il n'y avait que des relevés bancaires, une carte de Sienne de sa sœur, un catalogue pour les téléviseurs Philips, des factures et un avis de l'E.D.F. le menaçant de coupure.

Ensuite, il parcourut les vieux journaux qu'Adilia avait mis en pile depuis son accident.

Il y avait dix-huit numéros du *Monde*. Il vérifia

simplement que les numéros datés du vendredi ne manquaient pas puis il étendit les jambes, ôta ses tennis et laissa ses pieds dans le rai de soleil. Il s'endormit dans l'odeur tiède des bois secs et vit une petite fille courir dans l'église Saint-Étienne, à travers des échancrures de pierre.

II

Anneau téléphona trois fois pendant son petit déjeuner. Myriam, sa maîtresse, l'épouse d'un dentiste de Dinard, était absente. Ce fut la bonne espagnole qui dit « qué la madame elle était partie absente pas là et quelle savé pas quand elle révéné ». Anneau prit alors un bain, avala deux cachets pour calmer les douleurs de son visage, puis emprunta la Golf noir des Villeneuve pour faire des courses. Il acheta du sparadrap, une brosse à dents et du Mytosil à Miniac-Morvan. Ensuite, Anneau fit un crochet par la route de Saint-Malo pour acheter des laques au Bricorama, bâtiment plat entouré de grillages comme un dépôt de munitions. Ensuite, la Golf colla au cul d'un semi-remorque hollandais sur la N 137 jusqu'au carrefour du Vieux-Bourg.

L'un des angles du carrefour est formé par l'Hôtel des Voyageurs. Le bâtiment possède une grande salle claire, un étage de chambres et surtout un bar d'où, en pivotant son tabouret, on découvre l'enfilade de la Nationale, avec la longue descente et la remontée. De là, en prenant un café, on voit les connards qui doublent en haut de la côte et qui reprennent de la vitesse pour se faire cueillir par les gendarmes cachés dans leur estafette de l'autre côté de la chaussée, sous les marronniers.

Anneau acheta un gros pain rond et cavala jusqu'au bar de l'hôtel. Il constata avec plaisir que les marronniers étaient en fleur, que l'estafette bleue était là. Les deux gendarmes le saluèrent derrière leur pare-brise. Tout en sirotant le café, il lut la presse du matin. La patronne, une maigre dans une robe mauve mal tricotée, les jambes raides et l'air méfiant lui dit bonjour en passant. Il adorait cette famille. Parfois, la fille, lycéenne à Dinan, venait servir. Elle mâchait du chewing-gum et participait aux conversations des routiers. Elle demandait à Anneau, qui était cultivé (il suffisait de voir ses chemises en oxford) pourquoi Pascal était un grand auteur. Elle ne comprenait pas pourquoi Pascal était un grand auteur. Le patron arriva. Un homme massif avec un débit pâteux.

— Qu'est-ce qui vous est arrivé ?

— Un accident.

Le patron se versa un blanc sec à ras bord d'un verre à pied.

— Vous étiez beurré ?

— Pas exactement.

— J' comprends, dit l'autre.

Il se pencha et examina la joue d'Anneau.

— C'est un accident de chasse ?

— Si on veut.

— Nom de Dieu !

— Ça vous fait mal ?

— Oui.

— Quand ça ?

— Quand ça quoi ?

— Quand ça que ça vous est arrivé ?

— À l'entrée de Dol. Un con qui n'a pas ralenti dans un virage. Ma voiture s'est retournée et a flambé.

— Nom de Dieu !

— Vous l'avez dit.

— Un jour j' me suis brûlé le pouce en sortant des frites de la friteuse. Maintenant quand j' vois à la télé un incendie ou un grand brûlé sur un circuit automobile, j'en ai mal pour lui.

Il tendit son pouce.

— On voit la brûlure !

— C'est pas grand-chose, dit Anneau.

— Comment, pas grand-chose, merde alors !

— Moi, c'est la gueule.

Il alluma une cigarette, regarda le patron et dit :

— Un pouce, on peut toujours se le mettre dans le cul.

Il lança une pièce et dit :

— Comptez-moi un téléphone.

Il s'enferma dans la cabine. La porte grinçait et ne fermait pas. Il composa une fois de plus le numéro de Myriam.

Myriam n'était pas rentrée. Anneau avait envie de la sauter. Myriam portait des tailleurs en gabardine. Elle avait des hanches pleines et des seins larges, une chevelure rousse et un profil 1924. Elle était joyeuse dans l'adultère. Elle mentait et elle disait la vérité. Elle souriait et elle était triste. Elle était belle comme le danger.

Anneau rentra, donna le pain à Adilia et trouva un mot sur son bureau. « Votre Maman a encore téléphoné. »

III

Le vent avait à moitié rabattu les volets du rez-de-chaussée. Adilia arrosait les bacs de géraniums et les deux hortensias plantés près de la haie.

Anneau était en train de vérifier les travaux d'assainissement d'un mur derrière la maison quand il entendit (la voix venait de par-dessus le toit) : « Téléphone, Monsieur ! » Anneau courut, sauta par la fenêtre de son bureau et décrocha un des deux combinés posés au milieu des paperasses.

— Oui ?

— C'est toi, Pitou ?

— Oui, Maman.

— J'ai téléphoné à l'hôpital et j'ai appris que tu étais rentré.

Anneau se raidit en entendant la voix aigre de sa vieille mère, sa mère depuis sa naissance, celle qui n'avait jamais changé ni de voix ni de robe.

— Tu souffres encore, mon Pitou ?

— Ce n'est rien, Maman.

— Je t'avais dit de rouler moins vite, mon pauvre Pitou.

— Mais, Maman, tu me l'as déjà dit à l'hôpital…

— Tout le monde fonce dans le brouillard : tiens, ce matin encore, dans le journal, on montrait une voiture tombée dans le port de Honfleur. Tu te rends compte ! En pleine nuit, elle est tombée dans le port. On s'en est rendu compte vers le matin. Mon pauvre Pitou, ça te fait mal ?

— Oui, quand je ris.

— Oh, mon pauvre Pitou. Il ne faut pas que tu ries. Tu entends ? C'est très dangereux de rire quand on a eu une opération toute fraîche. Moi, quand j'ai eu ma césarienne pour ta sœur, il ne fallait surtout pas que je me penche en avant. Si tu crois que ton père aurait eu la délicatesse de se pencher pour me lacer mes chaussures ou ramasser le balai ! D'autant que j'étais très faible et je laissais tout tomber.

Anneau pivotait dans son fauteuil ; il tourna le dos à la fenêtre et contempla la carte Michelin punaisée au mur. Il avait entouré d'un cercle rouge l'endroit de l'accident. Le dernier virage juste à l'entrée de Dol, là où on découvre un banc avec des petits vieux de l'hospice, quelques fleurs desséchées et un espace de gravillons entre deux murs couleur de mâchefer.

— Je viens te voir demain matin, mon Pitou.

Les mâchoires d'Anneau se contractèrent.

— Quand ? Quand ça ?

— Demain, mon Pitou.

— Surtout pas !

Il frotta nerveusement la gomme sur son agenda en écoutant sa mère expliquer qu'elle était prise tous les autres jours de la semaine.

— Viens lundi prochain, Maman.

— C'est loin !

Il reposa l'écouteur gris dans la fourche et se détendit. Il écouta le bruissement des ormes et desserra son col de chemise. Les paperasses sur le bureau étaient marquées par les cercles bruns des pots de café qu'il avalait le soir en classant ses catalogues du Mobilier National. Il pensa qu'un jour sa mère mourrait de sa belle mort et qu'il n'aurait qu'à la pousser dans un tas d'ordures.

Les poules blanches encombraient le chemin et empêchaient l'estafette de la gendarmerie de passer. L'adjudant Sorin fut donc obligé de descendre et de mouliner des bras pour écarter la volaille. Quand les gendarmes arrivèrent à la maison d'Anneau, ils trouvèrent celui-ci en train de prendre son petit déjeuner au soleil. Adilia apporta deux fauteuils de jardin, deux tasses, le sucrier anglais et refit du café dans la Cona à boules de verre.

Anneau portait un polo blanc, un pantalon de velours sable et des espadrilles effilochées.

La conversation s'engagea sur les poules. Elles venaient de la ferme voisine qui était tenue par une famille dans la dèche. Les poules souillaient la pelouse. Adilia versa un lourd café mousseux dans de grandes tasses. Elle aussi en savait long sur ces poules. Elles se satisfaisaient sur le carrelage du couloir. Les gendarmes étaient deux braves types. Il y avait celui — il s'appelait Sorin — qui était de garde la nuit de l'accident. L'autre, Raillane, avait enregistré, dès le lendemain, la déposition d'Anneau. Il y eut un léger chipotage sur la marque de la voiture. Anneau précisa : « Je n'ai pas dit "une Volvo". J'ai parlé d'une berline genre Volvo. »

— C'est exact, reconnut le brigadier Sorin.

Anneau était fasciné par les deux képis posés sur les lattes blanches de la table de jardin. Finalement, on parla de la pluie et du beau temps, du prochain week-end de la Pentecôte avec le déferlement des Parisiens. Il y aurait encore des morts, surtout entre Dol et Dinan, qui était une route avec une chaussée défoncée.

— Il n'y a aucun nouvel élément ? demanda Anneau.

— Vous savez, avec la fille de la ferme de La Motte Rouge, on est sur les dents.

Anneau se fit expliquer. Toute la région parlait depuis deux jours de ce corps demi-nu d'une jeune fille trouvé dans la forêt de La Fresnaie, près du chemin de la Chausse.

— Vous reprendrez bien du café ?

Le brigadier Sorin toucha le bec verseur de la cafetière pour arrêter Adilia, qui toujours remplissait les tasses à ras bord. L'autre gendarme donna des détails :

— Elle avait son soutien-gorge remonté sur ses seins.

— Le type a essayé de la peloter, précisa Sorin en allumant un cigarillo.

— Mais le slip ni le collant n'ont été touchés, dit Raillane.

— C'est étrange, ajouta Sorin. C'est peut-être un faux crime sexuel…

— Qu'est-ce que vous en pensez ? demanda Anneau aux deux gendarmes.

— Je crois que le type a essayé de caresser la fille mais il n'a pas été jusqu'au bout. Il a commencé avec les prémices…

— Quel métier vous faites, dit Anneau en souriant.

Puis il y eut un silence. Anneau essuya ses lunettes. Une poule se glissa sous la barrière et les deux gendarmes contemplèrent les ormes.

Pendant qu'il relisait sa déposition, Anneau observa du coin de l'œil les deux gendarmes. Ils parlaient du crime de La Fresnaie.

— On finira par l'avoir, dit Sorin.

— On y mettra le temps, dit Raillane.

— Je suis sûr qu'il ne faut pas aller bien loin pour l'avoir.

Anneau tendit sa déposition à Sorin.

— Et mon affaire ?

Sorin haussa les sourcils.

— Votre affaire, vous savez… vous savez…

— Ça s'est passé en pleine nuit.

— Il était onze heures, corrigea Anneau.

— À peine un pare-chocs froissé.

Anneau ôta ses lunettes.

— Et mon visage, il est à peine froissé ?

Le silence dura un moment. Les oiseaux se battaient dans un feuillage proche. Adilia ratissait des brindilles dans l'allée. Le soleil jouait et formait des taches sur l'estafette. L'un des gendarmes soupira, prit son képi et fit un signe à l'autre.

— Nous ne lâchons jamais aucune affaire, monsieur Anneau. Jamais.

— Je l'espère.

Anneau reconduisit les deux hommes à leur véhicule. L'estafette s'enfonça dans les ombres de l'allée. Anneau revint à son bureau, fouilla dans un tiroir, sortit un Olympus avec flash électronique.

IV

Anneau retrouva Myriam au premier étage de la villa « Les Lauriers roses ». Ce n'était pas une villa, mais plutôt un château gothique avec des boiseries normandes, des faïences, des tourelles, des balcons tordus et, à l'intérieur, tout un mobilier de bambou. La villa appartenait à une vieille anglaise riche qui venait trois semaines par an et qui s'était éprise des extravagances de Myriam quand elle venait se faire permanenter.

Anneau et Myriam s'apprêtaient à s'enlacer quand un bruit de mouches contre une vitre les arrêta dans leur élan. Anneau courut à poil vers la fenêtre et essaya de frapper la grosse mouche avec un numéro de *Elle*. Myriam attendait, les épaules nues, les bras pendants, les mains sur son pubis. Elle regardait sautiller ce type.

Anneau se retourna :

— Pourquoi tu me regardes comme ça ?

— Je te regarde sautiller.

— Tu pourrais m'aider.

— On va pas se mettre à deux sur une mouche.

Ensuite elle rafla le *France-Soir* apporté par Anneau et le feuilleta pendant que l'affaire entre Anneau et la mouche se corsait. La mouche parcourait des murs entiers et Anneau aussi, mais avec moins de souplesse. Il renversa une pile de cassettes et fit tomber une patinette (la patinette du fils de l'Anglaise).

— J'ai téléphoné à Éliane, dit Myriam.

— Et alors ?

Le dernier froissement de papier fut mortel pour la mouche. Anneau, en sueur, essoufflé, revint s'accroupir sur la couverture pisseuse du lit.

— Et alors ?

— Elle va bien. Elle nous invite pour samedi.

Anneau commençait à boire au goulot d'une bouteille de J.B.

— Tu vas bien ?

— Mais oui.

— Bon.

— Ça fait cinq fois que tu me le demandes.

— On sort pas d'un accident pareil indemne.

— Ben si, tu vois ! Donc elle va bien et ne mange plus que des grillades.

— Des grillades ? Quelles sortes de grillades ?

Myriam se leva, et enfila un jean, difficilement, le long de ses hanches plantureuses.

— Tu ne portes plus de slip ?

— Non.

— Tu te rhabilles ?

— Oui.

— Mais pourquoi ?

— Je ne viens pas ici pour voir un type boire du Scotch dans son coin.

Myriam passa devant la fenêtre pour aller pêcher son soutien-gorge sur l'abat-jour d'un lampadaire. La mer était grise au large et très verte le long de la digue vers la piscine olympique. Une femme en bonnet de bain marchait pieds nus dans les rochers.

Il plut pendant une journée entière sur la forêt. Les chemins étaient détrempés. Les gendarmes Sorin et Raillane vinrent deux fois. Une fois pour dire bonjour, une autre fois pour présenter les clichés de l'unique trace de pneus qu'avait laissée la voiture qui avait causé l'accident. C'était bien un type de pneu (Firestone 6AX) qui était en général monté sur des grosses berlines et notamment des Volvo. Adilia servit le café au salon ; les deux gendarmes posèrent leur képi sur la table Louis-Philippe et dirent que l'enquête avait avancé pour la jeune morte de La Fresnaie. On avait retrouvé le sac à main, qui avait été utilisé pour étrangler la victime.

— Nous n'agissons pas avec précipitation, dit Raillane, mais nous agissons.

Pendant que les trois hommes buvaient leur

café en regardant la pluie tomber sur les ormes, un cri suivi de coups s'éleva au premier étage.

— Ce n'est rien, dit Anneau, en ajoutant un sucre dans son café.

— Qu'est-ce que c'est ?

— Il y a un gros chat blanc qui vient régulièrement pisser dans la chambre des invités. Adilia se bat avec.

Anneau offrit un calva aux deux gendarmes mais ils déclinèrent l'offre et Anneau but seul.

— Tout a commencé cet hiver, quand il a neigé. Le chat a pris l'habitude de se réfugier dans cette chambre. Elle donne plein sud. C'est la plus chaude de la maison parce que le conduit de cheminée passe dans le mur et parce qu'elle est au-dessus de la cuisine. Les chats comprennent vite ce genre de choses. Celui-là avait horreur de mettre ses petites pattes dans la neige et il s'est donc installé là. Depuis, il s'y faufile régulièrement.

— Vous lui avez fait quelque chose ? demanda Sorin.

— Non, pourquoi ?

— S'il fait ses besoins, c'est pour se venger.

— De quoi ?

— Je ne sais pas.

— Il veut peut-être se venger de votre femme de ménage.

— C'est une personne délicieuse qui adore les chats.

— Voyez, dit Raillane, en prenant son képi, nous sommes entourés de mystère.

Les deux gendarmes se levèrent, prirent congé.

— Vous me laissez un cliché des empreintes ?

— La loi nous l'interdit. Elle nous interdit déjà de vous en parler.

Les deux gendarmes enfilèrent leurs imperméables. L'estafette tourna dans la cour avec un bruissement d'herbes mouillées.

L'après-midi, profitant d'une éclaircie, Anneau prit la Golf noire des Villeneuve, et se rendit aux Diablaires. Au carrefour de la D 795 et d'un chemin de terre, le hangar d'un ferrailleur était entouré d'épaves de voitures accidentées. Quand Anneau entra, l'homme rafistolait un collier pour son chien, un berger allemand. Il leva à peine les yeux et dit que la voiture était sous un pommier là-bas. Anneau mouilla ses mocassins dans l'herbe pour parvenir à l'épave calcinée de son véhicule.

Il tourna autour de l'Opel Rekord, fit cinq clichés dans cette lumière indécise puis repassa par l'atelier. L'homme versait de l'alcool à brûler sur un barbecue plein de charbon de bois.

Anneau était oppressé. Il se dit que si ça continuait comme ça, il verrait des médecins à Paris. Sur la route du retour, il se sentit mieux dans cette lumière basse, ces coulées de nuages, ces champs entourés de petits arbres épais et court taillés. Les pylônes de la région, il les aimait beaucoup car ils lui rappelaient les années cinquante.

V

La nuit tomba sur le bocage. Anneau travailla tard, puis il sortit de son atelier. La brume montait dans la clairière. Les nuages étaient éclairés par la lune. L'odeur d'herbe coupée avait quelque chose de sucré.

Anneau, avant de se coucher, prit deux cachets d'Aspirine et examina son oreille. Elle suintait. Il s'endormit assez vite en écoutant les grandes pièces sombres de sa demeure.

Quand il s'éveilla, une zone entière, qui partait de la mâchoire et remontait vers la tempe consumait la moitié de sa tête. Il resta assis dans le lit. La lampe de chevet était là et faisait un cercle lumineux sur le plafond taché. Les livres de poche étaient alignés le long de la plinthe jusqu'à la desserte qui supportait les photos de famille.

Il tâta sa mâchoire. Chaque mouvement de sa tête relançait la douleur. C'était une névralgie. Anneau se leva et alla se regarder dans la glace du cabinet de toilette. Avec le manche de sa brosse à dents, il tapota ses gencives. Les dents étaient sensibles sans plus. Il se recoucha et éteignit.

La douleur, comme une sourde brûlure, irradiait et montait maintenant, effilée, vers la boîte crânienne. Dans le noir, Anneau ouvrit et ferma la bouche, doucement, comme pour écraser le mal.

Il ralluma, examina ses dents. Ce n'était pas une carie. Il avait des dents impeccables, Il descendit à la cuisine et avala trois cachets d'Aspirine puis remonta, éteignit et ferma les yeux. La douleur, s'évanouit un peu, mais pas complètement. C'était un poids mort qui séjournait entre l'oreille et la mâchoire. Au moment où il sombrait, une aiguille de douleur lui traversa la boîte crânienne verticalement. Il happa l'air, pris de panique, renversa la lampe de chevet en voulant allumer et resta raide, dressé dans son lit, osant à peine bouger pour ne pas déclencher une seconde décharge. Il prit très délicatement une cigarette dans le paquet, l'alluma avec son Cricket et attendit. Il se leva, mit les mains sur le rebord de la cheminée, courbé en avant, concentré. Il avait peur. Il frissonna, marcha, sentant vaciller une douleur sourde jusqu'aux talons. Son visage était inerte, plombé d'un côté. Il consulta sa pendulette à quartz : 3 h 10. Il avait donc dormi. Il se rassit sur le bord du lit, le dos courbé, en position d'attaque, prêt à smasher. Il regarda d'un air mauvais ce plafond rectangulaire et immobile, ces livres empilés, ces vêtements flanqués les uns sur les autres dans le fauteuil d'osier. La porte, la fenêtre dans son renfoncement, tout cela était inerte, silencieux, on pouvait bien crever. Rien ne bougerait dans la maison avec ses couloirs vides, les sacs poubelle qui débordaient toujours de peaux d'orange, de cendres, de pots de yaourt encore gluants.

La douleur lui coupait la respiration et les jambes. Il descendit s'asseoir dans son bureau puis marcha avec précaution dans le salon et finit par composer le numéro de téléphone d'un ami.

Il insista :

— Allô !

Mais on venait de décrocher et il entendit le signal sonore lancinant du pas libre — pas libre. L'ami et son épouse, après avoir bien baisé dans leur grand lit de satin rose, avaient décroché le téléphone pour dormir du sommeil des braves. Lui, Anneau, sa tête était un morceau de rocher qui contenait une radiation de douleur. Ses yeux brûlaient de fatigue. Il prit deux autres cachets : du « Podémédon » et du « Névralgyl ». Puis il but un deuxième verre de Chivas et fuma trois Lucky Strike. Il sentit les minutes passer lentement à l'intérieur de son crâne. Sa tête brûlait au chalumeau. Il s'affala, à moitié ivre, dans le canapé qui perdait ses ressorts. Il fut réveillé vers sept heures du matin par un doux bruit sur le toit. Il alla dehors : la bruine tombait sur la clairière dans le petit jour.

VI

Anneau dépassa la bifurcation de la D 64 et fit demi-tour. Il s'arrêta devant le parking de l'aéroport et alla se garer entre une CX métallisée caramel et une Honda Accord grise couverte de poussière. L'avion avait du retard. Anneau monta jusqu'à la terrasse de l'aéroport, demanda une orangeade, chaussa ses lunettes Ray-Ban et étala les mots croisés de *France-Soir* devant lui. L'avion de la compagnie Air-Tours atterrit à dix heures dix. Il en sortit huit hommes d'affaires macabres avec des imperméables sur le bras. Plein soleil. Anneau replia *France-Soir* et s'accouda à la terrasse. L'homme qui l'aborda le surprit. Il était jeune, les cheveux gris coupés court, une paire de lunettes d'acier et un imper Colombo usagé. Il n'avait ni attaché-case ni porte-documents. Il s'assit, changea de place pour profiter d'un coin d'ombre du parasol et dit :

— Je vous écoute.

Anneau raconta son accident. Le virage à l'entrée de Dol, la vitesse, le choc à l'arrière, le tonneau et la voiture qui flambe sur la chaussée.

— Votre assureur ?

— Les Mutuelles Réunies de l'Ouest.

— Vous avez leur rapport ?

— Je suis en mauvais termes avec eux.

— Ce n'est pas une raison. Que vous ont-ils dit ?

— Aucune chance de retrouver le type.

— Vous avez vu l'expert ?

— Une fois, en coup de vent.

— Il a vu la voiture ?

— Oui.

— Que vous a-t-il dit ?

— Il a fumé sa cigarette et m'a regardé.

— Il vous soupçonne. C'est son métier.

— Me soupçonner de quoi ?

— On peut tout imaginer.

— Merci.

— Ne le prenez pas mal.

L'homme nota tout sur un agenda à spirales avec un marqueur à pointe fine.

— La gendarmerie ?

— Le moins qu'on puisse dire c'est qu'elle n'agit pas avec précipitation.

— Que voulez-vous de moi ?

— Trouvez le responsable de l'accident.

— Pourquoi ?

— C'est mes affaires.

— Il y a une chance sur deux pour que la gendarmerie le retrouve.

— Je préférerais que ce soit moi.
— À votre convenance.
— Que prenez-vous ?
L'homme changea de lunettes, ferma son agenda à spirales. Il scruta Anneau.
— Que voulez-vous ?
— Je veux la vérité.
— Ah. Laissez-la dormir toute nue au fond du puits.
L'homme baissa ses lunettes sur son nez :
— Vous ne trouvez pas que ça sent le hareng ?
— Pouvez-vous le retrouver ? demanda Anneau.
Un avion bourdonna sur la piste et s'éloigna vers le soleil et la lisière du bois.
— Je suis cher, dit l'homme.
— Combien ?
— On verra ça plus tard.
— Combien de temps peut durer votre travail ?
— Difficile à dire. Mettons : moins de huit jours.
Anneau sortit cinq billets de 100 francs de son portefeuille et les posa sur l'agenda de l'homme.
— Vous voulez vous faire justice ?
— Ce n'est pas votre problème.
L'homme fit une moue, puis regarda Anneau en tournant son alliance.
— Entendu.
Les deux hommes restèrent silencieux. Un moineau sautilla sur la table voisine et repartit en un éclair.

— Vous pouvez toujours me contacter ici, dit l'homme, en tendant une boîte d'allumettes avec un numéro de téléphone.

Il revissa le capuchon de son feutre et tendit la main.

— Ne m'accompagnez pas, je connais le chemin.

Il laissa Anneau avec ses mots croisés, son Orangina tiède et son envie de tuer.

Anneau se leva, alla pisser dans des toilettes infectes, avec une porte pleine de trous. Quand il descendit vers le parking, il vit filer un taxi Mercedes avec, à l'intérieur, l'homme aux lunettes d'acier.

Sur la chaussée ensoleillée, il vit une vague silhouette et ralentit. Myriam l'attendait sous le portail de la villa « Les Pétrelles » dans le raidillon encaissé entre des murailles. La voiture redémarra, glissa sous les ombres, suivit les barrières blanches qui donnaient sur une plage privée. Un cerf-volant brillait dans le ciel bleu. Des bouffées de tiédeur pénétrèrent dans la Golf et Myriam ouvrit son chemisier de soie prune.

— J'ai envie d'être en toi, dit-il.

Une eau épaisse et brune coulait sur la gauche, après les étendues de varech. La voiture bifurqua et remonta une impasse. Le portail de la « Villa des Lauriers roses » était ouvert. Monsieur Thomas taillait les troènes jusqu'au môle cimenté. Dans la chambre, Anneau enlaça Myriam tandis qu'elle ouvrait la porte-fenêtre. C'était la première fois depuis l'hiver qu'on pouvait enfin laisser pénétrer le soleil dans cette pièce humide. Myriam se dégagea finement pour ôter ses nu-pieds, puis elle s'enferma dans le cabinet de toilette. Anneau resta un moment devant la porte-fenêtre : les lampadaires jaune-rouille, les villas gothiques et le petit carré d'herbe rase, plus loin le type en caban qui tirait un voilier sur ses roues. Il s'assit sur le lit :

— J'ai envie de toi ! Myriam !

Elle apparut en soutien-gorge satiné noir et sans culotte. Pendant qu'il essayait de pénétrer cette belle fille un peu grasse, les oiseaux chantaient dans les arbres voisins. La tiédeur ensoleillée gagnait l'angle du lit.

Anneau multiplia les assauts. La femme tourna son corps épais et attendit, cuisses ouvertes. Anneau restait à quatre pattes, essayant en vain de forcer cette chair laiteuse et veloutée, souple et impénétrable. Myriam essaya, à son tour, d'éveiller la chair engourdie. Malgré des caresses suaves, elle n'arriva à rien. Anneau resta essoufflé, à quatre pattes, au-dessus d'elle. On entendit les cloches de l'église sonner. Myriam retourna son poignet pour consulter sa montre :

— Tiens, il est midi, la petite Françoise se marie.

Anneau essaya nerveusement de s'exciter tout seul. Myriam joua avec l'interrupteur de la lampe de chevet, les yeux clos, très animale.

— Y paraît que Roger Gicquel reviendrait à la télé, dit-elle.

Anneau était rouge, débraillé, exalté et mou. Il retourna vivement en Myriam pour se rouler sur ses seins.

— Tu m' fais mal ! Tu m' fais mal !

On entendit deux gosses crier, quelque part entre la digue et la piscine olympique.

— Tu pourrais m'aider, dit Anneau, congestionné, et ravalant sa salive après avoir humecté les seins inertes de Myriam.

— Il a essayé de tâter de tout, celui-là, dit-elle sur un ton fatigué. La chanson, les voitures de course. Tu l'as déjà vu à la télé ?

Anneau s'abattit sur le flanc, le pantalon ouvert, la chemise froissée sur la tête.

— Je suis crevé.

— Tu te fatigues trop.

— J'ai rien fait de spécial.

Anneau s'embourbait. S'il avait été courageux, il aurait demandé à Myriam s'il y avait un rapport entre une brûlure au visage et un appareil génital en panne. Mais il se tut, fuma une Lucky Strike et écouta Myriam dire qu'elle avait envie d'enlever les rideaux de son living-room.

— Tu comprends, ça assombrit.

Elle attendit une réponse.

— Tu as une maison épatante. Tu as de l'argent. Tu as des gosses, dit-il.

— Tu es de mauvaise humeur.

Anneau se rhabilla, mit avec application sa ceinture dans les passants de son pantalon et regarda cette lourde vache douce et tendre, toute en cuisses et seins, qui se vautrait sur un couvre-lit pisseux.

— Tu aurais pu me sucer, pour m'aider, dit-il.

— Si tu crois que c'est drôle !

Quand ils sortirent de la villa, ils croisèrent le jardinier Thomas qui affûtait ses ciseaux.

— La véranda va tomber un de ces jours, dit-il.

Devant la Golf noire : des bancs de sable remués et puis des landes mauves en pente douce.

Anneau consulta sa montre. L'homme était en retard. Alors, Anneau sortit, marcha devant les bâtiments à toits plats de la météo. Il attendit en plein vent sur le parking mouillé. La mer, en contrebas, s'effondrait en lourdes vagues vert bouteille. On avait jeté des canettes de bière dans la lande. L'été, c'était couvert de crabes minuscules.

Anneau fuma une cigarette et revint s'abriter dans la voiture. L'homme arriva par les étendues de sable. Il portait un chapeau imperméabilisé et un blouson de daim. Il grimpa avec aisance dans les rochers, aborda le parking et pénétra dans la voiture en secouant son chapeau.

— Bonjour !

— Bonjour !

— J'ai vos renseignements.

— Tout ?

— Oui.

Les rafales secouaient la voiture. Des mouettes se laissaient porter par les courants ascendants au-dessus de l'eau verte.

— Voici les preuves.

Il sortit une enveloppe de son blouson.

— Combien ?

— Une brique.

— Quoi ?

— Je prends des risques. Je ne suis pas un trafiquant de came qui refile 5 grammes à un lycéen.

— 7 000, dit Anneau.

— Je ne veux pas avoir une complicité de meurtre sur le dos.

— Qui est-ce ?

— Jean-François Parentier exploitant agricole. Grosse affaire. Maire de Kern-Bie, membre du Rotary. Élevage de porcs, à la tête des coopératives laitières du coin. Trois enfants, une épouse ravissante et cultivée. Habite dans un manoir au lieu-dit Tabu.

— Vous êtes sûr de l'identité ?

L'homme sortit de la voiture sans dire un mot. Il prit un cigare et se le planta dans le bec, face à la mer. Un canal d'eau verte circulait entre l'île aux mouettes et la station météo.

L'homme fit le tour de la voiture et dit :

— L'imbécile a laissé une partie d'un feu de position sur la chaussée. Si on ajoute que les traces de freinage étaient aussi nettes que des idéogrammes chinois, vous comprendrez. Disons que ma tâche a été simplifiée. Ça ne m'a pas empêché d'user une paire de mocassins, d'interroger une dizaine de patrons de garages pour rien, une flopée d'employés de stations-service. Si ça peut vous faire plaisir, l'animal est allé voir un loueur de hangars à bateau spécialisé dans la réfection des coques. C'est un ancien ami à lui ; ils ont trafiqué ensemble dans les années 47-48. Le patron du hangar est allé voir le concessionnaire Volvo de Rennes qui lui a fourni le matériel. Un coup de pistolet à peinture et un nouveau pare-chocs. Si vous voulez l'ancien, je le tiens à votre disposition.

— Où ça ?

— Garage Nénard, route de Dol, au carrefour de La Croix-Favret.

— Ça m'avancerait à quoi ?

— Ça vous permettra de vérifier qu'il y a bien les traces de peinture de votre voiture.

L'homme jeta son cigare et pivota pour considérer les bâtiments blancs et plats de la météo. Les genêts étaient secoués par le vent.

— Et si je ne payais pas ? demanda Anneau.

Sa tête bascula contre la vitre de la portière, un calibre 38 collé sous la mâchoire.

La mer grondait entre eux.

— J'abîme l'autre côté ?

L'homme fouilla les poches d'Anneau tout en maintenant le calibre enfoncé dans la gorge.

— Je ne prends pas de risque. Jamais. N'en prenez pas.

Il haussa lentement son arme.

— Lâchez-moi !

L'homme dévisagea Anneau.

— Vous êtes un amateur, moi pas.

Il rengaina son calibre 38.

— Vous avez un bout de la corde, moi l'autre, dit Anneau. Discutons.

— Votre métaphore m'emmerde. Demain à 10 h 30, je vous attends gare de Dol. Avec le liquide.

La portière claqua. L'homme se dirigea vers la route goudronnée.

Anneau courut derrière lui.

— Vous l'avez vu ?

— Comme je vous vois, dit l'homme sans se retourner.

Il marchait et se dirigeait vers la lande mauve.

— Vous pourriez le tuer ?

— Oui, mais ça ne m'intéresse pas.

— Combien ?

— Votre bonhomme, si ça peut vous faire plaisir, est en train de se faire refaire le dentier.

Anneau courut lourdement derrière l'homme.

Les nuages noircissaient vers l'île aux Mouettes. Un orage se préparait à l'horizon.

— J'ai de l'argent ! répéta Anneau essoufflé.

— Je ne m'occupe pas des imbéciles qui se font enfoncer l'arrière par l'avant d'un autre con.

L'homme descendit dans les landes mauves et se retourna vers Anneau.

— Écoutez-moi, j'ai appris pas mal de choses sur ce type. Laissez tomber. Il ne vaut rien.

— On peut toujours voir, dit Anneau.

— C'est tout vu.

L'homme essuya ses lunettes à fines montures d'acier.

— Demain, à 10 h 30, gare de Dol, d'accord ?

Anneau contourna le capot de la voiture, s'installa et lança le moteur. Il entendit l'autre crier :

— Une peau d'homme, c'est très dur !

Anneau fit craquer les vitesses, prit la D 201 direction Cancale. Les premières maisonnettes brillaient, blanches sous un ciel d'étain.

VII

Les tours du manoir du Tabu surgirent doucement derrière la haie. Anneau ralentit et rangea sa voiture dans les taches ensoleillées d'une haie, bien à l'abri dans le virage. C'était un bâtiment pierre et brique, construit sans doute vers 1900, avec du lierre, des tourelles et même des faux créneaux. Devant le perron, un grand parterre fleuri s'ouvrait en éventail. Sur la gauche, une allée de marronniers et, en contrebas, une chapelle perdue dans la verdure. Une Volvo beige, une R 4 vert pomme et un break Honda bleu marine étaient rangés sous les arbres. Les persiennes du premier étage étaient fermées. Sur la droite, une pelouse descendait vers des broussailles. Un hangar en tôle ondulée abritait des engins jaunes plus ou moins rouillés. Rien ne bougeait. Anneau prit le virage en épingle qui menait au portail de pierre. La voiture remonta l'allée. Des arbustes avaient été fraîchement plantés. Ils portaient des étiquettes de bois jaunes, sur des tuteurs neufs.

Anneau descendit, se frotta les reins, inspecta les alentours et vint rôder autour des voitures. La Volvo avait une plaque minéralogique neuve. Anneau retourna prendre sa veste de daim dans la voiture, puis fit le tour du manoir. Les chiens aboyaient du côté du hangar.

De l'autre côté du bâtiment, s'ouvrait une large cuvette ensoleillée : des herbages et la lisière de la forêt. Près d'un perron, sous un store rouge, il y avait une table de jardin, un barbecue, des chaises pliantes blanches avec des coussins avachis. Sur un lit relax pliant, dormait un gros type roux, adipeux, un pantalon tergal tiraillé sur les cuisses, et un pied nu, blême, posé sur l'herbe.

L'homme s'appelait Jean-François Parentier. Il élevait des cochons. Il possédait la moitié de la région. Il tenait une boîte de bière dans sa main gauche, soupirait la bouche ouverte, le visage congestionné. Le torse était comprimé dans un polo acrylique bleu. L'homme avait des bruits de bouche dans son sommeil.

Anneau s'installa sur une des chaises pliantes. Le ciel était bleu. Parfois une guêpe ou un insecte traversait l'ombre du store avec un léger bourdonnement. La forêt, après l'herbage, faisait un lointain bruit frais.

— Ah ! Vous m'avez fait peur, dit l'homme en s'ébrouant.

— Pardon de vous déranger, je me présente : André Anneau. Je suis artisan ébéniste.

— Je vous connais.

Parentier se gratta le nez et aspira dans la boîte de bière le fond de mousse qui restait.

— Voilà ce qui m'amène. Je subis actuellement un contrôle fiscal…

— Vous aussi ! s'exclama Parentier. Moi aussi ! On va se comprendre. Quels fumiers, hein ?

— Donc, je subis un contrôle fiscal et j'ai besoin de toutes les factures. Or, j'ai égaré le double d'une réparation d'une commode Norfolk qui vous appartient. Vous vous souvenez ?

— Pas du tout.

— Si vous aviez gardé, par hasard, un double de la facture…

— Alors ça…, dit Parentier en s'extirpant lourdement de son lit relax.

Il essaya de redresser le lit et de le fixer au cran supérieur.

Il récupéra ses pataugas et ses chaussettes. La sueur lui coulait dans le cou.

— Servez-vous.

— Est-ce que je peux compter sur vous ?

— Ma femme vérifiera. (Il se redressa et rota.) Avez-vous visité mes installations ?

— Non, dit Anneau.

— Venez un jour, ça me fera plaisir. C'est vrai, on est voisins.

Il plia son lit relax, sortit un cigare d'une boîte cachée dans l'herbe, cria : Agnès ! Agnès ! Ça roupille là-dedans.

— Je peux repasser quand ? demanda Anneau.

Parentier cherchait quelque chose dans ses poches de pantalon, comme s'il avait oublié la présence d'Anneau.

— Venez prendre l'apéro demain soir, on reparlera de tout ça. J' vais dire à ma femme qu'elle s'en occupe.

Il traîna son lit pliant sur le perron.

— Vous voyez. Vous êtes témoin. C'est moi le patron ici et c'est moi qui fais tout. Vous êtes marié ?

— Non, dit Anneau.

— Super-malin !

Il se tourna vers les herbages ensoleillés.

— C'est pas le paradis, ici ?

L'homme aux lunettes d'acier avait bien travaillé. Anneau s'était installé dans un fauteuil de rotin, avec une bouteille plate de Glenfidich et consultait les photocopies. Il y avait des reproductions de Jean-François Parentier avec sa petite famille, rassemblée autour d'un gigot, un soir de Noël. Il avait deux garçons, Roland et Sylvain, et sa femme Hélène, à la fois désirable et morose. Elle était toujours un peu raide dans ses chemisiers soyeux. Sur une photo, assise au bord de la mer, elle avait carrément l'air de se demander pourquoi elle avait épousé un tordu pareil. On voyait aussi Parentier au milieu des agriculteurs un micro à la main, devant les grilles de la préfecture de Rennes. Parentier avec ses bottes dans la boue. Derrière lui, des troupeaux de cochons. Et Parentier avec une casquette de patron de chalutier, en train de faire le zigomar, une bouteille de Mumm Cordon rouge à la main, dégoulinant de confetti. Enfin, il y avait les photos de Parentier avec une minette à petit cul, la poitrine moulée dans un T-shirt, le genre de suceuse qu'on trouve à trois heures de l'après-midi dans un des bars du port de Saint-Malo.

On le voyait aussi remettre une coupe à des nageurs ahuris par l'effort, juchés sur trois cubes au bord d'une piscine. Parentier était président de trois associations sportives. Dernier cliché, mais pas le moins important : Parentier, l'œil scrutateur, une main sur la hanche, en veste de chasse, devant des faisans pendus par les pattes à un croc de boucherie.

Quand l'estafette de la gendarmerie tourna silencieusement vers la barrière, Anneau n'eut pas le temps de ranger les documents. Les adjudants Sorin et Raillane débarquèrent avec allégresse.

— On va le tenir, le petit salaud !

— Quel salaud ?

— L'assassin de La Fresnaie, dit Raillane.

— Ah bon, dit Anneau.

Raillane et Sorin s'installèrent dans les fauteuils de rotin. Ils posèrent leurs képis sur les photocopies.

— Qu'est-ce que vous voulez boire ? demanda Anneau d'une voix serrée.

— J' prendrais bien un p'tit Ricard, dit Raillane.

— Moi aussi, dit Sorin.

— Adilia ! Adilia ! cria Anneau.

— Quelle tranquillité ici. Tenez, parfois j'échangerais bien mon métier contre le vôtre. Vous êtes tranquille, vous !

— Alors, dit Anneau, qu'est-ce qui vous réjouit ?

— On a retrouvé Cathy, une amie de la morte. Elle nous a raconté des choses intéressantes. Une rencontre avec un piqué, tenez-vous bien, dans un supermarché de Dinan.

— Et puis, on a retrouvé des pièces de monnaie et un crayon à bille à vingt mètres de la Dyane. Avec ça, on va faire du bon boulot.

Adilia apparut, un paquet de torchons sales à la main.

— Je vous ai appelée, Adilia.

— Je n'ai pas entendu, monsieur.

— Vous n'entendez jamais ! répliqua Anneau. Servez-nous trois Ricard.

Adilia posa la carafe d'eau et les verres. Ensuite, en servant le bol de glaçons démoulés, deux d'entre eux glissèrent sur les photocopies.

Un coup de vent fit bruire les ormes et une photocopie s'envola.

— Laissez, laissez, dit Sorin qui courut sur la pelouse.

Anneau sentit son cœur s'arrêter.

— Merci, dit Anneau.

La vague de peur le laissa vidé. Il n'avait plus ni tripes ni boyaux. Il n'avait même pas la force de tendre le bras vers la carafe pour noyer son Ricard. Sorin et Raillane contemplaient les feuillages d'un orme rouge. Le lierre ondula à l'encoignure du mur.

— Notre lapin ne va pas courir longtemps.

Sorin essuya l'intérieur de son képi avec un Kleenex.

— Les Parisiens arrivent, dit Anneau, pour briser le silence épais qui s'était installé.

— Y en a encore un qui n'a pas respecté la ligne jaune avant le pont de Dinan. Il s'est flanqué dans un camion-citerne. 32 ans, allez donc !

— Et père de famille avec ça !

— Mais, Bon Dieu, se fâcha Raillane, s'ils veulent se foutre en l'air, qu'ils ne fassent pas de gosses !

Adilia avait ôté son tablier mauve. Elle avait une ample robe noire avec une broche sur la poitrine et attendait au garde-à-vous.

— Je peux m'en aller, Monsieur ?

— Bien sûr, Adilia.

— Vous avez du poisson dans le frigo.

— Merci, Adilia.

Quand elle fut partie, Anneau se pencha en avant et fit une confidence :

— Elle sait faire le poisson comme personne.

— Bon, c'est pas le tout, dit Sorin. Continuons la manœuvre.

L'estafette s'enfonça dans les ombres de l'allée. Anneau entra dans la maison, se promena dans les pièces pendant cinq minutes. Puis il mit un disque de Debussy pour penser à autre chose. Mais Debussy lui parut nauséeux. Sa mer, c'était vraiment de la merde.

VIII

Il vint tranquillement à pied par la D 10. Il portait sur la tête un vieux châle tricoté noir, une robe provençale gansée, un manteau de ratine d'un brun passé. Il dépassa le carrefour de la Croix du Menhir, coupa par un chemin de sous-bois, fit le tour par le dépôt d'ordures où fumait un vieux siège de bébé. Il s'écorcha un mollet dans les ronces, suivit les rayures obliques du soleil qui traversaient des feuillages de hêtre, puis il s'accroupit entre les sapins et observa à la jumelle le manoir. Les trois voitures avaient disparu. Il resta accroupi une demi-heure. Une camionnette jaune des Postes vint livrer deux colis, puis repartit vers Miniac-Morvan. Il s'empêtra dans sa robe. Un de ses bas lui tiraillait les chevilles. Dans l'autre jambe, il avait attrapé des petites boules pelucheuses, comme celles des pissenlits mais plus petites. Il secoua sa jambe et finit par remettre les jumelles dans l'étui. Il sortit de la pénombre, traversa la route, enjamba un ruisseau qui sonnait clair sous les fougères et remonta en forçant sur la claudication. Les murs du jardin, très longs, étaient écroulés par endroits. Anneau accrocha son châle dans les branches de noisetier, le renoua autour de sa tête façon combattant du Fath, se mit à galoper lorsqu'il se sentit hors de toute vue, glissa entre les planches de fraisiers et les feuilles des choux. Il se réfugia dans les grandes taches rousses et humides du hangar, décrocha une corde à linge qui pendait entre deux pins, puis marcha courbé. Les chiens commencèrent à aboyer. La petite vieille (et son châle) se tassa derrière la moissonneuse dans l'odeur sèche de paille hachée.

Le silence retomba sur le manoir. Il attendit, la corde serrée dans les doigts. Une carpette chauffait au soleil devant le perron.

Il fit un pas et redéclencha des aboiements sans fin. Alors il courut, ses jambes fouettèrent des orties et il surgit près des niches à chien, dans ce ravin humide. Deux épagneuls bretons tiraient sur leur chaîne. Anneau vint en prendre un par le cou tandis que l'autre, la chaîne trop courte, s'asphyxiait.

— Calme, le chien. Calme, le gentil chien. Oh, le gentil chien calme…

Anneau le tenait dans ses bras et glissa doucement la corde à linge qui s'enfonça dans le pelage. Il y eut une sorte de long soupir fatigué qui sortit des entrailles, puis la masse s'alourdit avec lenteur sur les genoux d'Anneau.

— Calme, le bon chien, voilà, doucement. Et toi, le chien, calme, calme.

Anneau laissa choir la masse de l'épagneul dans les aiguilles de pin et reprit la corde à linge, puis disparut dans le buisson voisin.

Anneau revint par la forêt, arriva essoufflé chez lui, se déshabilla, se démaquilla, enfila une chemise Arrow rose, un jean bien repassé, des chaussettes blanches, des mocassins noirs et une veste chinée grise. Il partit au milieu de la clairière brûler les vieux vêtements. Le châle brûlait mal alors il ajouta un fond de rhum agricole qui restait depuis des mois sur son bureau, ranima le feu en remuant ses paquets de fringues avec un râteau, puis courut décrocher le téléphone qui sonnait depuis un moment dans la salle à manger. Il reconnut la voix aigre de sa mère :

— Tu vas bien, mon pauvre Pitou ? Je me fais du souci pour toi….

— Mais non, Maman.

— Est-ce que tu manges de bons steaks et est-ce qu'Adilia te fait un peu de légumes verts ? Tu sais que c'est l'époque. Il y a notamment des petits haricots fins dé-li-cieux, cassants comme du verre…

Anneau posa le téléphone sur la table et commença à ranger ses dossiers, puis saisit un de ces miroirs qu'on accroche à une fenêtre pour se raser et nettoya un peu de noir de charbon qu'il avait oublié sur les sourcils. Il avait rendez-vous dans une heure chez les Parentier pour un petit cocktail au Manoir du Tabu.

— Il n'empêche que ce sont des monstres, continuait sa mère, de nous faire payer les cerises à ce prix-là…

Anneau saisit le combiné :

— Je vais bien, Maman, je mange bien, je bois bien, je suis en pleine forme, excuse-moi.

Il abrégea la conversation, grimpa au premier prendre sous l'escalier une boîte à chaussures pleine de tubes, de boîtes de cirage, d'atomiseurs imperméabilisants et sortit sous les ormes pour cirer ses pompes.

Dans le salon Empire, un couple était vautré dans un canapé à ramages. Parentier faisait tinter des glaçons dans son verre devant la porte-fenêtre. Poussée dans un coin, derrière la cheminée, Anneau reconnut la commode Norfolk qu'il avait réparée. Hélène, dans un tailleur bleu clair, souriait. Elle avait des yeux immenses et dégageait une sorte d'énergie contenue. Elle présenta Anneau à un lourdaud coiffé d'un panama blanc : il avait des taches de sueur sous les bras. Celle qui semblait être son épouse était menue avec des cheveux filasse et beaucoup trop de peinture rouge sur les lèvres. Il y avait aussi, en retrait, un couple blanc sale en fausse tenue de tennis, accompagné d'une grande bringue qui s'appelait Reginia et qui touchait tout ce qui traînait sur la cheminée.

Trois hommes qui se ressemblaient, grands, larges, avec des costumes croisés à l'ancienne, se marraient en feuilletant un catalogue de La Redoute. Ils choisissaient les gaines satinées et les soutiens-gorge croisés pour chacune des femmes dans la pièce.

Parentier posa son bras sur les épaules d'Anneau et l'entraîna vers la porte-fenêtre.

— Vous voyez l'arbre là-bas ?

— Oui, dit Anneau.

— Il crève, dit Parentier. C'est mon père qui l'avait planté le jour de ma naissance.

Il renifla, fit tinter ses glaçons et avala une gorgée bruyamment.

— C'est mon arbre et il crève.

Il déboutonna sa veste pour se mettre à l'aise.

— Vous connaissez le coffre de famille ? Incrusté d'ivoire… venu de Chine… Un connaisseur comme vous…

Anneau prit l'air intéressé mais sentit une sorte de toile d'araignée lui tirer la peau du visage. Il porta la main à son menton.

— Ça ne va pas ?

Il se passait quelque chose. Anneau se courba sous la piqûre de la douleur. Il rouvrit les yeux très grands, palpa l'os de la mâchoire.

— Vous n'auriez pas un cachet d'Aspirine ? demanda-t-il.

Parentier frappa dans ses mains. Les invités cessèrent les conversations.

— Vous n'auriez pas une Aspirine pour mon ami ?

Anneau recula instinctivement et dit :

— Non, ce n'est rien vraiment, ne vous dérangez pas !

Hélène était allée dans la cuisine chercher un verre d'eau. Anneau profita de ce que Parentier riait avec les trois grands types pour s'esquiver et errer dans le manoir. Il poussa une porte et se trouva dans un étroit cabinet de toilettes carrelé avec une fenêtre à verre cathédrale. Au-dessus du lavabo, il y avait une tablette de verre, une armoire à pharmacie. Il fit coulisser l'armoire, découvrit une balle de ping-pong jaunie et une ceinture de pyjama. Il alluma le plafonnier et scruta sous la peau vineuse de son visage où se cachait la douleur. Les yeux fixes, il tâta les moindres replis, touchant cette rayonnante couche de chaleur qui vivait de sa propre vie. Il se pencha et but de l'eau froide à même le robinet. Avec précaution, ne remuant pas sa tête, il éteignit, revint dans le couloir carrelé, s'installa dans un vieux fauteuil râpé, près d'un téléphone posé sur une petite table. Hélène le découvrit là, lui tendit le verre d'eau et deux pastilles blanches.

— Qu'est-ce que c'est ?

— Des cachets.

— Je dois les prendre ?

— Vous avez mal.

— Ça se voit ?

Il avala les cachets et considéra l'architecture baroque de ce couloir, avec des plumes de faisan, des chandeliers, un mur jaune sale, des décombres de vieux meubles et une peau de serpent séchée étalée sur une carte de géographie.

Parentier apparut, coiffé du Panama de son invité.

— Ma femme vous fait l'honneur de visiter ma maison ?

Anneau posa le verre d'eau près du téléphone. Parentier balaya d'un geste large le couloir :

— Tout est faux ici, mais ça me plaît bien.

Myriam lui avait donné rendez-vous à la cafétéria « Les Pingouins », un grand bâtiment neuf. Anneau rangea sa voiture sur le parking à l'ombre. Il traversa de biais le boulevard de la Mer et pénétra dans cette salle laquée vert d'eau avec de longues tables de pin naturel et des globes jaunes qui tombaient un peu bas. Myriam feuilletait *Biba* pas loin de la baie vitrée. Elle portait une veste de lin blanc avec un faux camélia, une robe grise à moitié transparente avec de petits canards blancs.

— Tu vas à un baptême ?

Il renifla le grand verre rempli d'un liquide rose.

— C'est quoi ?

— De la liqueur de framboise étendue d'eau.

Anneau commanda un demi et un paquet de Lucky Strike. Un long Noir secouait le billard électrique comme un malade. L'appareil chuintait : *astéroïd x23 appelle planète Jupiter*. Le Noir s'énerva, le flipper s'éteignit et le Noir sortit un billet de 100 francs pour faire de la monnaie.

Myriam ferma *Biba* et dit :

— On y va ?

— J'ai pas bu ma bière. Une seconde !

Il y eut un silence. Anneau dit :

— C'est tout ce que tu as à me raconter ?

— Ma copine Michèle et moi, on va aller voir une pièce de Harold Pinter (elle prononçait Harol Pineterre).

— De qui ?

— Ça s'appelle *Trahison*. Y a longtemps que j'ai envie d'aller au théâtre. La dernière fois que je suis allée à Rennes, il a fallu attendre sous la pluie. Alors là, j'ai fait réserver par l'agence pour Pineterre. Et puis je vais peut-être faire de l'expression corporelle avec Michèle.

— T'en fais pas assez avec moi ?

Elle haussa les épaules.

Il prit du bout des doigts le magazine féminin, exactement comme on touche une serpillière qui a traîné dans la pisse de chat.

Il déchiffra la couverture : « Couple et amour : les Français ont tout à apprendre ».

— Pourquoi ils disent pas les Françaises ?

Ils descendirent l'escalier entre la piscine olympique et le casino, tournèrent sur la digue, passèrent devant le petit bassin contre les faux rochers. Des employés municipaux repeignaient les bancs ; deux jeunes gens bronzés comme des dieux portaient des planches à voile sur leurs épaules.

La villa des « Lauriers roses » était ouverte. Myriam déposa un baiser sur le front d'Anneau, ferma la porte de la chambre, tira les ficelles des doubles-rideaux, ouvrit la porte-fenêtre. Le bruit vaste et frais de la mer emplit la chambre. Myriam se déshabilla mais garda ses boucles d'oreilles, des pendentifs cuivrés qui ressemblaient à des morceaux de plomberie.

Anneau resta planté devant la fille nue.

— Tu te déshabilles pas ?

— Non, c'est toi qui me défringues.

Elle lui défit son pantalon, ses chaussettes, ses mocassins.

Anneau la poussa contre la porte, et lui fit une espèce de morsure sérieuse dans le cou, puis considéra les doudounes de la fille et saliva dessus avec précaution.

— Qu'est-ce que tu fais ?

— Aujourd'hui, y a que tes seins qui me font bander.

Il lui suçota les aréoles, puis pressa son torse contre ses mamelles, les soupesa, les laissa retomber et commença à traire Myriam. Elle le regardait, appuyée contre la porte. Il tira sur le sein gauche de toutes ses forces en pinçant avec ses ongles.

— T'es dingue ou quoi ?

Il resta immobile, un sourire d'idiot du village figé sur les lèvres.

Puis il la fit rouler sur le lit, passa une jambe par-dessus sa chevelure, saisit un grand morceau de fesse et mit à ahaner, la tête renversée en arrière.

Il n'éprouvait aucun plaisir. Les pendentifs et les bracelets de Myriam tintaient à chaque secousse.

— Tu peux pas les enlever ? Je baise pas un carillon.

Ensuite, il s'accrocha aux cheveux de Myriam et se démena. Myriam était patiente.

— Magne-toi, tiens-moi, remue-toi, enfile-toi, enfile-moi, marmonnait-il en soufflant comme un phoque.

Il avala un sein goulûment, téta comme une bête et s'étouffa.

Myriam dégagea sa poitrine.

Le bouton de son sein était barbouillé de lait et de sang.

— T'es vraiment un fumier, regarde !

Un long filet rose, mélange de sang et de lait, coulait sur son ventre rebondi.

Elle courut s'éponger devant le lavabo.

Elle se tamponnait le sein en pleurant. Le khôl de ses yeux dégoulinait sur son fond de teint.

Anneau resta bêtement debout, les bras pendants, la queue molle, la chemise ouverte et froissée.

— C'est fini tes petits exercices, crois-moi !

Elle étouffait. Anneau voyait son dos se convulser.

— T'en as pas fait assez avec mon corps ?

Anneau pensa qu'il fallait changer de mode de vie. Il ne perdrait plus son temps avec des pouffiasses, il ne boirait plus des cafés noirs mais des grands crèmes, il vivrait un grand amour ou rien.

Quand elle se rhabilla, la seule chose qu'il trouva à dire c'est :

— Cet après-midi, j' vais à la banque.

— Va crever où tu veux, dit-elle en lissant son collant sur ses jambes.

Sur le trottoir, le long du mur de la villa, il essaya de lui prendre le bras. Elle accéléra le pas.

— T'es un lâche, un vicieux, un pourri, un salaud, une ordure.

Des employés municipaux installaient des tourniquets dans le massif de fleurs du carrefour.

— C'est à cause de ma gueule que tu veux plus me voir ?

— Ça n'a rien à voir, espèce de salaud. Mais c'est vrai que depuis que tu as cette gueule-là, t'es quelqu'un d'autre.

Elle monta dans son Austin, perdit une boucle d'oreille dans la manœuvre et clama :

— Mets-toi du fond de teint, si t'as des problèmes de peau.

La portière claqua.

Il y avait un beau soleil sur la mer ; des fillettes sortaient d'un cours privé.

Hélène Parentier avait déplacé le bureau et la machine à écrire pour être au soleil sur la terrasse. Elle avait posé un verre de cognac sur les dossiers et changeait le ruban bicolore de son Hermès baby quand elle vit une voiture approcher en glissant sous les ombres des marronniers.

Anneau en sortit, long, lunetté Ray-Ban, chemise blanche à manches courtes et un pantalon kaki. Il traversa la pelouse et vint s'accouder sur les pierres chaudes du perron.

— Bonjour.

— Bonjour.

Elle dégagea un fauteuil de jardin. On entendait le ronronnement d'un tracteur du côté du hangar. Hélène dit :

— Justement, je travaillais pour vous. Je vous envoyais un petit mot et le double de la facture que vous aviez demandé à mon mari.

Il avait noté qu'elle avait légèrement avalé le mot « mari ».

— Vous allez bien ? dit-il.

— Je vais bien.

— Moi aussi.

Elle lui tendit la facture. Anneau renversa le

ballon de cognac, l'alcool imprégna les plis de la robe. Anneau et Hélène regardèrent sans bouger le coton s'imbiber. Les feuillages bruissaient. Le soleil chauffait la table. Le cognac s'étalait.

— Pardon, je suis désolé.

Il ajouta :

— Désolé.

Anneau chercha quelque chose des yeux, n'importe quoi, un gant, un torchon, une serviette en papier, un buvard, un mouchoir, une serpillière. Il n'y avait rien.

— Je suis désolé.

Elle plaisanta :

— Il ne reste plus qu'à enlever ma robe.

Elle fit le geste de déboutonner le haut. La bordure hâlée de sa poitrine était piquetée de taches de rousseur. Un vent fit tressaillir les fleurs du parterre. Les secondes se succédèrent à une vitesse folle pour former un épais silence tendre entre eux.

Hélène resta une main sur le troisième bouton. Un paquet de paperasses glissa doucement du bureau et Anneau resta figé, puis s'inclina et embrassa Hélène doucement sur les lèvres.

Hélène ne bougea pas. Elle se laissa faire et dévisagea Anneau qui se recula légèrement.

— L'embrayage de ma voiture patine, dit-il.

— Ma robe est mouillée, dit-elle.

— Qu'est-ce que nous allons faire ?

Le vent plaqua le décolleté contre les seins

d'Hélène. Elle décroisa les jambes et ramassa les papiers tombés sur les dalles de pierre.

Anneau dit simplement :

— C'est votre mari qui m'a brûlé la figure.

Elle dit :

— Je sais.

Anneau ôta les lunettes Ray-Ban. Il regarda fixement Hélène.

— Vous voyez ce qu'il m'a fait ?

L'éclat limpide des yeux d'Hélène comprenait tout. Devançait tout.

Anneau remit ses lunettes.

— Vous savez donc pourquoi je suis là ?

— Oui.

— Et vous ne bougez pas ?

— Non.

— Il vous en a fait baver tant que ça ?

— Oui.

Elle releva le verre ballon, l'emplit de Courvoisier et posa le verre exactement entre elle et lui.

— Ne vous défilez pas.

Le soleil sur le manoir était tellement silencieux, le ciel était tellement bleu, la terrasse était si chaude qu'ils n'ajoutèrent rien et laissèrent les paperasses s'envoler.

IX

Vers midi dix, il entra dans Rennes, laissa sa voiture place du Palais, dans un parking payant, et déjeuna quai Lamennais. Une nappe en papier pleine de gras, un curry d'agneau et une bouteille de Sidi Brahim le mirent en pleine forme. Trois Arabes en costume bleu pétrole jouaient au 421, à côté de la porte. Un pauvre vieux en charentaises n'en finissait pas de terminer une paire de merguez perdues dans la semoule. Anneau pensa à tous les pauvres vieux qu'on jetait de chez eux pour abattre les immeubles et construire des banques ou des centres commerciaux.

Ensuite, calé par deux cafés super forts, il erra le long des quais de la Vilaine, remonta vers le Palais de Justice, traîna les ruelles d'un quartier piétonnier super-chic, visita l'église Saint-Sauveur, puis attendit l'heure d'ouverture de l'armurerie Baron, quai Chateaubriand.

L'armurier était un petit homme en blouse grise avec des lunettes à double foyer. Il dansotait d'un catalogue à l'autre devant les vitrines de couteaux et les râteliers des carabines.

— Vous voulez quoi au juste ?

— Un vrai fusil deux coups. Une arme sûre et sans problèmes.

L'armurier posa trois armes sur un chiffon rouge. Anneau les soupesa, les ouvrit, ferma un œil, visa le plafond, fit la moue. L'armurier prit un lourd fusil noir acier. Il fit la démonstration : quadruple verrou, silence, un vrai bijou.

Anneau examina l'arme, la soupesa, dit :

— J' veux le tuer, ce fumier ! Qu'il ait pas le temps de dire ouf ! Qu'il claque devant moi ! Qu'il disparaisse ! Qu'il existe plus, qu'il fasse pas de bruit, qu'on en parle plus !

— De qui parlez-vous ? demanda l'armurier.

— D'une saleté, dit Anneau.

— Quel genre de saleté ?

— Y me faut du gros calibre, de la chevrotine, que ça saigne, qu'il ait mal, qu'il bouge plus, qu'il me fiche la paix !

L'armurier toussota et dit :

— Le problème de l'objectif est capital. Vous voulez chasser quoi ?

— Ce fumier de sanglier qui bouffe mes maïs, dit finement Anneau en visant la vitrine avec un fusil Armada acier super spécial, très meurtrier.

— Pour le gros gibier, c'est l'arme idéale, dit l'armurier.

Il soufflait sur ses lunettes et examinait ce client un peu nerveux.

— O.K., ça me va, combien ?

— 4 256 francs dit l'armurier, sans étui.

— Et l'étui ?

— Attendez, attendez.

Il sortit des catalogues d'un vieux tiroir qui coinçait.

— Ça fait 850 l'étui. Tout cuir, hein.

— Bien sûr, pas de problèmes.

Anneau visait la vitrine, les passants, les voitures sur le parking. D'un élan, il visa le plafond, puis cassa le fusil en deux et plongea un regard concentré dans le mécanisme. Ça sentait l'huile et l'acier.

— Pas de problème.

Il laissa tomber l'arme sur le comptoir, fouilla dans ses poches et sortit une liasse de billets de 500 froissés. Il les déplia et les recompta deux fois.

— Avec l'étui, monsieur ?

— Pas la peine, j'ai ma voiture.

L'armurier essuyait le canon avec un chiffon.

— Pas le temps. Quelle heure est-il ?

L'armurier jeta un regard sur la pendule de cuisine.

— Moins vingt.

— O.K., merci, dit Anneau en arrachant l'arme.

— Vous ne voulez pas que je vous offre les cartouches ?

— Oui, bien sûr.

Quand Anneau saisit la boîte de 60 cartouches, il vit Parentier dégouliner de sang jusqu'aux pataugas.

— Je vous les offre. Bonne chance, Monsieur.

Anneau poussa la porte et se retourna sur le trottoir noir de monde. Appuyé contre le mur, l'armurier, d'un geste las, composa le numéro du commissariat central.

Anneau jeta l'arme dans le coffre de la Golf, ôta la contravention glissée sous l'essuie-glace, la déchira en petits morceaux et traîna dans le quartier piétonnier. Trop de filles en mini-jupes, trop de jeunes qui glandent, des entrées de garages huileuses et chaudes, des foules plein les supermarchés, des parkings dans la fournaise le long des quais. Quelle jungle, pensa-t-il.

Anneau passa prendre de l'argent liquide à la Banque de Bretagne, grande salle vide et fraîche, puis rentra sur Hédé, Combourg, Lanhélin. Enfin il pénétra dans la chaleur mauve de la forêt domaniale du Mesnil.

Il rangea la voiture sous un hêtre.

Adilia secouait un Bissel par la fenêtre de la chambre d'amis. Elle se pencha et dit à Anneau que sa mère avait téléphoné et que Parentier était passé avec sa femme.

Anneau sortit le fusil Armada, les boîtes de cartouches, les tringles de nettoyage et dit :

— J'arrive, une minute !

Il cacha l'arme dans une penderie où il mettait des bacs de tirage photographique et des vieux disques 78 tours, un endroit où Adilia ne fourrait jamais son nez. L'aller-retour Rennes l'avait épuisé. Il s'allongea sur le lit, avala un comprimé pour ses douleurs faciales et sombra dans le sommeil.

Une vague de vent remua le lierre du Manoir du Tabu. Parentier passa la matinée assis sur la terrasse à refaire les comptes du Football-Club de Miniac. Puis il rédigea une carte pour féliciter Félix Boignier, un conseiller municipal qui mariait sa fille cadette à l'instituteur de Plerguer, celui qu'on disait « accroché à l'héro ».

Une guêpe lui tournait autour. Plusieurs fois Parentier se flanqua une gifle entre les omoplates. La guêpe resta collée sur la chemisette. Il sirota un Martini, puis changea de sandalettes et contourna le hangar pour prendre le chemin de la messe qui longeait les ordures à travers le sous-bois. Mais au lieu de continuer vers l'église, il bifurqua et descendit vers la retenue de l'E.D.F. Un grand espace d'eau verte qui se plombe de toute sa profondeur. Un endroit calme. Le ciel bleu se voilait de nuages. La matinée restait brumeuse. Parentier, détendu, savourait cette paix du dimanche, ces herbages qui, bientôt, deviendraient un quartier avec bungalows, haies bien taillées, rues goudronnées et balançoires pour les enfants.

Super-malin il était. Il sortit un Havane de sa chemisette et s'assit pour fumer. Le vert de l'étendue d'eau était traversé par les nuages, les ombres étaient pleines d'insectes, et c'est ici que son père, Parentier Georges, lui aussi maire de Miniac, venait jadis se reposer, le chapeau sur la tête.

Les paupières tombantes, Parentier goûtait la tranquillité de l'endroit, ce léger clapotis. Un panneau blanc annonçait la mise en chantier du lotissement.

— Mon rêve c'est de vous descendre, dit Anneau en sortant tranquillement de la forêt, le fusil à la main.

Son polo était piqueté de broussailles.

— Moi ? dit en riant Parentier.

Il offrit un cigare à Anneau et expliqua :

— Mon rêve c'est de faire une nouvelle salle des Fêtes et un hospice pour vieillards, là, sur la gauche de la retenue d'eau. J'aime ce village.

Anneau s'assit à l'ombre d'un vieux pin rabougri. De grosses bulles molles montaient de l'eau verte.

— Je vais vous descendre, dit Anneau en suçotant le Havane.

— Vous voulez du feu ? dit Parentier.

Les cloches de Miniac sonnèrent.

— La fille Boignier se marie.

Il se leva et remit sa veste sur l'épaule.

— Faut que j'y aille. Un maire qui ne va pas à la sortie de la messe...

Il cligna de l'œil.

Il n'eut pas le temps de renfiler une sandale car Anneau lui lâcha une giclée de chevrotines dans la tête. Parentier plia les genoux et tendit les bras, aveuglé par le sang.

— T'es très chouette, dit Anneau. Assume ! Une seconde détonation arracha une partie du crâne. Parentier tournait à quatre pattes au bord de l'eau en gémissant.

Anneau ouvrit son fusil Armada, acier super spécial, chambre silencieuse, glissa du gros calibre, visa la bouche et tira. Parentier partait en lambeaux. C'était un torchon sanguinolent qui se convulsait et gémissait. Anneau essuya le canon de son arme, traîna le cadavre sur la verdure, sortit une corde à linge de son pantalon, ligota les poignets.

Tout en multipliant les nœuds, Anneau disait :

— Assume, mon pote ! Parentier Jean-François, quel talent t'avais pour conduire en état d'ivresse. Le talent d'un tel mec, j' me suis toujours dit que ça allait éclater un jour. T'es le meilleur avec tes cochons. Tu mangeais du cochon, y a pas à dire le meilleur de l'Ille et Vilaine pour le cochon. Tu vois tes porcheries, elles sont pas si loin, avec le vent du bon côté, certains soirs, tu pourras les entendre tes cochons. Et d'un !

Anneau retourna le cadavre poussiéreux. La chemise poissait. Le sang, ça colle, le sang ça caille, ça suinte, ça dégouline, ça fout les gens en l'air, ça leur démonte le moral.

— Parentier, dit Anneau, tes pensées sont jamais allées au ciel ni nulle part. J'ai pas le temps de jouer avec tout ça… (Il balança les sandales à la flotte.) Ni avec ça. (Il lança sur l'eau les deux Havanes.) Maintenant, surveille bien la manœuvre : ton dernier saut.

Anneau traîna un vieux radiateur en fonte qu'il avait récupéré sur le tas d'ordures du sous-bois : il attacha la corde à linge en faisant plusieurs tours. Puis tira Parentier par les épaules. Le corps bascula dans l'eau trouble. Des bulles molles montèrent patiemment à la verticale.

Anneau sentit qu'il devenait dingue de bonheur en voyant doucement s'enfoncer le corps de Parentier dans les profondeurs de l'ombre, escorté par des reflets de soleil.

X

L'homme aux lunettes d'acier passa une partie de l'après-midi dans sa chambre d'hôtel. Il regardait un programme de télévision. Défilaient des instituteurs socialistes, des syndicalistes barbus, un P.-D.G. qui avait viré à gauche et un journaliste de province qui commentait les événements politiques comme si c'était l'arrivée du tour de France.

Au coucher du soleil, il prit sa voiture, remonta la Rance par la rive gauche, s'arrêta devant les bancs de sable et les herbages qui brillaient entre des marronniers. Il traversa un viaduc. Puis s'installa sous un parasol et regarda les baigneuses qui marchaient sur la digue de Saint-Suliac. Il déplia une carte Michelin au 1/200 000 numéro 59 et repéra l'endroit qui s'appelait « Les ombres » près de la retenue d'eau de l'E.D.F.

Il but une orangeade glacée, vit une femme en chemise de nuit qui prenait le frais et marcha jusqu'au bout de la digue, à l'endroit où des vieux voiliers étaient entassés, quelques canots pourris, une barque plate.

Il remonta dans la voiture, roula doucement pour ne pas effaroucher les baigneuses qui tortillaient des hanches sur l'allée sablonneuse et chaude. Il remonta par la petite route qui serpente dans les herbages et d'où, après Saint-Georges, on découvre l'estuaire. L'image bleutée, brumeuse de la grande nappe d'eau flottait dans la vitre arrière de la voiture.

Il conduisit sans précaution jusqu'au vieux bourg, prit la N 176 sur un kilomètre (là où commencent les grands sapins du domaine de La Butte), dévala un petit chemin forestier en soulevant une poussière terrible. Il avait son idée derrière la tête.

La forêt était d'un vert fragile et acide. Dehors, Anneau avait réparé les incrustations d'un paravent chinois ramené au XIXe siècle par un officier de marine qui s'était installé à un kilomètre du manoir du Tabu. Il était mort en renversant sa voiture dans l'étang du Rouvre pour toucher les assurances.

Adilia apporta un plateau laqué noir avec dessus une tasse bleue, un pot de café en porcelaine blanche, deux sucres enveloppés et pas de petite cuillère.

— Les gendarmes sont là, dit-elle.

Anneau but son café et fit le tour de la maison. Raillane et Sorin étaient confortablement installés dans les fauteuils de jardin. Raillane avait posé son képi sur l'herbe et Sorin se roulait une cigarette.

— Nous avons une bonne nouvelle.

— Nous tenons l'assassin de la fille de La Fresnaie. Et vous savez comment ?

— L'imbécile avait invité la fille à dîner. Et pas chez n'importe qui : au « Bristol » de Saint-Malo. L'autopsie nous a permis de conclure que la fille avait dîné d'un hareng Baltique, d'une omelette aux cèpes, d'une pêche soufflée à la Cardinal de Rohan. À partir de là, c'était enfantin, nous avons passé à la loupe tous les menus, cartes à prix fixe de la région en éliminant les routiers, les crêperies, les snacks, les pizzerias.

— Astucieux, dit Anneau.

— Je comprends qu'elle soit morte le soir même, dit Sorin qui avait de l'humour.

— Et si elle avait mangé des patates et un yaourt ? demanda Anneau.

— Les recherches auraient été plus longues.

— Mais nous sommes tenaces, dit Sorin.

— Nous sommes une espèce de famille.

— On est gentils, mais on ne lâche pas.

— Tenez, dit Raillane, en se roulant à son tour une cigarette (papier JOB, caporal vert), nous avons reçu les expertises de l'assurance pour votre terrible accident. C'est en bonne voie.

— On va trouver le salaud qui a provoqué votre terrible accident.

— Ça vous fait mal, votre tête ?

— Oui quand je ris.

— Surtout ne riez pas !

— C'est ce que dit ma mère.

Il y eut un silence. Des moucherons dansaient en paquets devant la porte de la cuisine, des promeneurs exténués passèrent devant la barrière, le ciel était d'un bleu épais comme si la journée repartait à zéro.

— Vous avez des soupçons sur mon accident ? demanda Anneau.

— Et comment !

— Dites-m'en davantage.

Sorin regarda la bouffée de fumée quitter sa bouche et monter le long des rosiers et des fenêtres.

— Soyez patient.

L'estafette glissa sous les ombres et Anneau revint à son paravent chinois. Il lui manquait deux incrustations de nacre représentant les pieds d'une Geisha.

Après Saint-Cast, la mer devient une longue étendue d'herbages et de bancs de boue qui scintillent au soleil. Marécages sertis d'eaux vertes, larges zones brillantes et plates. Le ciel rejoint la mer. Quelques fermes isolées et blanches.

Myriam attendait Anneau, assise sur un embarcadère fait de trois planches pourries et goudronnées. Elle portait un bandeau rouge dans les cheveux, un chemisier blanc, une veste rouge et une jupe blanche qui laissait dépasser ses genoux.

Anneau sortit de la Golf et dévala la pente sablonneuse. Il faillit tomber sur Myriam, lança ses mocassins vers le sentier et roula sa tête dans le chemisier entrouvert. Myriam sentait le sel et la crème hydratante. Elle dit :

— Regarde mes épaules !

Anneau était déjà perdu dans les senteurs d'aisselle, glissait le long du corps, faisait sa prière entre les genoux de Myriam et commençait à gémir de plaisir en défaisant sa ceinture de pantalon.

Il organisa une petite fête entre les chevilles et le slip, enfonça un genou dans le ventre de la fille en essayant de faire pénétrer son machin, tandis que le soleil, en images bleutées traçantes, enflammait la crête des dunes.

Retrouver Myriam, c'était rentrer chez lui. Il commença à faire l'intéressant, mettant une épaule sous un bras de Myriam, traînant la chevelure entre ses mains, dérapant des genoux le long des hanches de la femme, prenant une pose de torturé.

— Jamais je n'aurais imaginé que je puisse redescendre en toi, dit-il.

Il retroussa ses manches de chemise. L'amour

avec Myriam était un long film immobile. Elle remuait au vent, inépuisable. Lui devenait un grand arbre frémissant dans l'espace de feu du midi. Le couple rampait le long de la dune schisteuse et salée en laissant derrière un mouchoir Kleenex, un T-shirt, une paire de lunettes Ray-Ban et même un coupe-ongles.

Il suça un long moment le lobe de l'oreille de Myriam comme si c'était un gravier : une façon comme une autre de se sentir empli et d'emplir. Il se lova contre la merveilleuse poitrine de Myriam et se colla dessus : c'était une porte, on entendait des tas de gémissements derrière. Ensuite il y eut le lent éclairage du plaisir qui monte vers l'échine, traverse le dos en un éclair. L'orgasme : il sautait d'un patio dans un verger, roulait en boule vers des pommiers et sombrait dans l'eau verte, trouble, pleine de bulles molles et ensoleillées.

Ils restèrent assis, vidés par le bonheur, gluants, à poil, et se mirent à sucer des glaçons.

Ils s'enveloppèrent de grandes serviettes éponge et attendirent la nuit.

XI

La voiture s'était arrêtée sous les ombres fauves des pins. Devant le capot : les broussailles puis l'étendue d'eau qui brille.

L'homme attendit, les bras croisés sur le volant, vit arriver Anneau par le sentier de la messe. Il enfila son veston et sortit de la voiture.

— C'est à vous ? demanda Anneau en montrant la Ford Impalla.

L'homme aux lunettes d'acier répondit :

— Asseyez-vous.

Anneau proposa une Lucky Strike. L'homme aux lunettes d'acier sortit un Havane de son veston. Ils fumèrent. Le ciel bleu brûlait entre les branches.

— Quel jeu jouez-vous ?

— Je ne joue pas.

Anneau gratta une allumette pour enflammer une seconde fois sa cigarette.

— Qu'est-ce que vous voulez ?

L'homme ôta ses lunettes. Avec un pan de sa chemise rose, il essuya les verres.

— Je veux vous montrer quelque chose.

Il prit par le bras Anneau et l'amena vers des broussailles près d'un massif de genêts.

— Aidez-moi.

Ils tirèrent une vieille barque. L'eau reflétait des arbres et parfois brillait un instant. La barque glissa vers une étendue sombre. Quelques insectes restaient immobiles au-dessus des bulles. L'eau chuintait contre le bois de la barque. L'homme aux lunettes d'acier laissa plonger les rames.

— Penchez-vous.

Dans les lueurs troubles et molles de l'eau, Anneau vit son double. Son visage d'écorché zigzaguait dans les reflets. Une petite mouche morte dansotait le long de la barque.

— Alors ?

Anneau hocha la tête.

— Regardez mieux.

À travers les rayons sombres qui ondulaient autour du bateau, Anneau distingua une vague forme sombre à la verticale. L'homme, d'un coup de rame, fit doucement pivoter la barque.

Dans les lourds reflets de feuillages qui clapotaient, il distingua une trace sombre. Quelque chose de blême et d'aqueux : un cadavre dans l'eau verte.

— Nous sommes à la verticale de Parentier.

Des brindilles et un bourgeon remuaient sur l'eau.

— Et encore il ne fait pas beau aujourd'hui !

L'homme aux lunettes d'acier plongea les rames et ramena la barque sur la rive.

Revenus à la voiture, ils s'installèrent sur la banquette brûlante. Des insectes traversaient l'air épais. L'homme aux lunettes d'acier ôta son veston et s'appuya sur le volant.

— Qu'est-ce qu'on fait ?

— Rien à faire, répondit l'homme.

Il sortit de son pantalon de velours quelque chose emballé dans un mouchoir de papier.

— Tenez !

Anneau ouvrit : dentier. Il retourna dans tous les sens ce morceau de mâchoire artificielle.

— Ça remonte, ça remonte.

Anneau fut pétrifié. Les ombres des arbres remuaient doucement sur son polo. Il se passa une main dans les cheveux.

— Je l'ai récupéré hier après-midi, dit l'homme.

Il avait l'air ennuyé.

— Ça va remonter. Un peu tous les jours.

Il jeta son Havane par la portière.

— Demain, ça sera une chaussure, des allumettes, n'importe quoi.

Anneau fit quelques pas dans la tiédeur sèche qui stagnait entre les pins. L'autre resta appuyé sur le volant.

— Pourquoi m'aidez-vous ?

— Je ne vous aide pas. Je vous montre votre sale boulot.

Il sortit un flacon plat de J.B. de la boîte à gants.

— Que peut-on faire ? demanda Anneau, accablé.

L'autre frotta son visage à deux mains :

— Prendre une biture.

Anneau marcha et suivit avec son mocassin une fourmi qui trimballait une brindille trois fois grosse comme elle.

— Attendre.

— Et vous, pourquoi ne rentrez-vous pas à Paris ?

— Personne ne m'attend.

Il posa une main sur l'épaule d'Anneau.

— Personne, mon grand.

Anneau tournait sa chevalière d'un air absent.

— On ne peut rien faire. Quelqu'un va découvrir le cadavre. On n'y peut rien. Au premier rayon de soleil, on le voit en train de circuler avec son radiateur à la patte.

— On peut le cacher ?

— Trop loin, trop profond.

— Brouiller l'eau ?

— Ça ameuterait tous les clubs de pêcheurs à la ligne. Des féroces.

L'homme aux lunettes d'acier s'assit sur le bord de la Ford.

— Pas d'affolement.

Il tendit le flacon de J.B.

— Laissez faire.

On entendit un oiseau dans un buisson. Les calmes nuages blancs naviguaient haut dans le ciel d'un bleu froid.

— Pourquoi faites-vous cela ? demanda Anneau.

— Je n'aime pas les duperies de la moralité courante.

Il lança le moteur, claqua la portière côté Anneau et suivit l'étroit chemin défoncé qui menait par le sous-bois jusqu'à la porcherie.

Hélène Parentier descendit du car de six heures du soir au milieu des ouvriers agricoles. Le chauffeur lui tendit un énorme emballage de papier kraft. Hélène traversa face à l'école des filles, évita une camionnette qui reculait devant la salle des fêtes et buta dans Anneau qui sortait de l'épicerie-buvette Villeul.

— Je viens d'acheter du café, tout a augmenté, dit Anneau.

Il glissa derrière Hélène pour saisir les ficelles de l'emballage.

— Laissez-moi porter ça. Vous allez où ?

— Je rentre.

— À pied ?

— J'aime marcher.

— Montez dans ma voiture.

La Golf était rangée sous les tilleuls.

— Vous vous êtes acheté des chaussures ! remarqua-t-elle.

— Oui, hier à Dinard.

Il ouvrit la portière de la Golf.

— Non, je préfère marcher, dit-elle.

Des ouvriers agricoles graissaient les pièces d'un tracteur.

— Accompagnez-moi, dit-elle.

Ils s'engagèrent dans le sentier qui longe les jardinets de Miniac. Quelques pintades s'endormaient derrière un grillage. Il y avait une table et des jouets dans une allée. Hélène dit :

— Donnez-moi votre paquet de café. Vous êtes maladroit comme un célibataire.

Ils glissèrent sous de sombres tilleuls. Un léger clapotis montait vers eux.

— Il y a un moment dans l'après-midi, dit Anneau, où je ne crois plus à rien.

Hélène s'arrêta et se tourna vers lui. Elle portait un tee-shirt blanc sous sa veste rouge.

— Pourquoi dites-vous cela ?

— Parce que ce moment-là, c'est maintenant.

— Nous sommes ensemble, c'est important…

Ils reprirent leur marche. La fraîcheur de la forêt pesait sur eux, le soleil se couchait derrière les arbres, on entendait les bruits du village.

— Pendant dix ans, je n'ai cru à rien, dit-elle.

— Et maintenant ?

— Je crois à tout, dit-elle. Et vous aussi.

— Oh moi, soupira Anneau, il y a un moment

où je crois à tout, c'est vrai. Oui, quand le jour se lève. Y a pas un bruit dans la campagne. C'est propre, et puis les gens apparaissent et ils salissent tout avec leurs petites combines, leurs petits ragots, leurs petites saletés gluantes et ils viennent vous voir et ils commencent à vous déverser leurs ordures sur la tête. Vous comprenez ce que je veux dire ?

— Je vous comprends. J'ai raisonné comme vous. Mais vous n'êtes pas comme les autres.

— Vous dites : « j'ai raisonné comme vous » mais vous n'en pensez pas un mot.

Il y avait des raies blanches entre l'obscurité des arbres, les sapins sombres autour d'eux, le clapotis. Hélène prit le visage d'Anneau dans ses mains.

— Embrassez-moi.

L'odeur mouillée du feuillage les imprégna longtemps. Anneau ramassa l'emballage et sa ficelle.

— Je veux partir, dit-elle. Partir avec vous.

— Où ça ?

— Vous m'avez réveillée après dix ans de sommeil. Vous le savez ?

— C'est vrai, continua-t-il, au petit déjeuner, on se sent bien, on a oublié la veille, on aime tout le monde et puis on sort de sa chambre et ils sont tous là.

— Vous pensez à qui ?

— À la foule, aux autres.

— Vous ne voulez pas partir ?
— Pour le Vénézuela ? ironisa-t-il.
Après les sous-bois, ils traversèrent la route de Miniac pour rejoindre le manoir du Tabu par les hangars.

XII

Parfois, le soir, Anneau se rendait à Dinard et grimpait fumer une cigarette du côté du « Crystal Palace ». Lignes de lumières qui scintillent vers le large, des lentes nappes de nuages montent de la mer avec la nuit. Les drapeaux flottent vers le casino et le vert doux, apaisé, des vagues clapote le long du bassin circulaire de la piscine.

Anneau était en train de lécher une glace deux boules pistache-fraise quand il fut abordé par un homme en training rouge pompier avec une casquette blanche et des tennis à bandes vertes. Raillane, essoufflé, lui tendit la main. Anneau la prit mollement.

— Bonne nouvelle pour vous !

— Ah oui ?

— On a retrouvé votre fuyard.

— Non, vraiment ?

— Bien sûr ! C'était bien une Volvo. Le pare-chocs avant était cabossé, manquait un peu de peinture et puis les témoins, ça parle à de vieux renards de gendarmes comme nous.

Raillane fit coulisser son blouson et sauta sur le muret. Il se tâta les doigts de pieds dans ses tennis.

— Ça vous intéresse de savoir le nom du type ?

— Et comment !

Un phare s'alluma et rasa les flots. Les pelouses derrière le casino s'allumèrent également. Il y avait du monde aux terrasses, le long de la digue.

— Il s'appelle Parentier Jean-François.

— Vous êtes sûr ?

— On a les preuves.

— Qu'est-ce qu'il dit, le type ?

— Y a un os. Il a disparu.

— Qui ?

— Parentier.

Anneau jeta son mégot dans les vagues qui léchouillaient le mur de béton. Le « Crystal Palace », ses veilleuses, son toit plat, ses grandes lettres blanches doucement éclairées ressemblaient à un paquebot.

— Alors, qu'est-ce qui va se passer ?

— On va le faire cracher, dit Raillane.

Il sautilla pour se détendre les pieds et lutter contre une crampe au mollet gauche.

— C'était une bosse discrète dans la tôle de sa voiture, mais, nous les gendarmes, on est des bons parfois.

— Je vous paie un verre ?

— Non merci, j' continue mon training. À mon âge…

Sur la route du retour, dans sa Golf noire, Anneau se mit à compter les peupliers entre Châteauneuf et les hangars du Bricorama après la ligne de chemin de fer. Il y avait un moustique dans la voiture. Des imbéciles s'amusaient à vous jeter leurs phares dans les yeux.

Le paquet s'était balancé en plein ciel, ruisselant d'eau, avait été déposé sur l'herbe de la rive devant un parterre d'uniformes et de képis. L'autre rive était noire de monde. Quelqu'un avait déposé une feuille de plastique transparente et le médecin légiste expliquait l'influence de l'eau sur les cadavres à un capitaine de gendarmerie qui s'épongeait le front.

— Quelqu'un s'est noyé ? demanda Anneau à une femme en tablier, un bouquet de persil à la main.

— Ça, pour être noyé, il est noyé…

— Quand ça ?

— Moi j'ai pas vu.

— Aujourd'hui ?

— Ch'ais pas.

— Un accident ?

Deux hommes-grenouilles émergèrent dans un

bouillonnement et s'accoudèrent à la rive en reniflant. Anneau s'approcha. Des mouches venaient se poser sur la bâche de plastique transparente. Raillane et Sorin étaient occupés avec l'homme du treuil.

Anneau dit :

— C'est le noyé ?

— Il débordait d'énergie, dit la femme avec son bouquet de persil à un jeune type en costume beige, chemise rose, qui ressemblait à un flic en civil.

— Vous savez des choses, vous ?

— Moi, rien !

— Alors, écartez-vous. Laissez-nous faire notre boulot.

— C'est un poulet ! dit la femme à la cantonade.

— Vous vous appelez comment ?

— Ernestine Bellouette, et alors ?

— Vous avez vos papiers ?

— J' prends pas mes papiers pour aller dans mon jardin !

Le médecin légiste, un grand type massif avec des cheveux gris, était en train d'examiner le cadavre. On voyait deux pieds blêmes qui ressemblaient à des morceaux de poissons qui ont mariné dans une cuvette de chiottes. Une ambulance fendit doucement la foule.

— Vous demeurez où ? demanda le flic en civil.

— Comment ?

— Vous habitez où ?

— Et votre mère, elle est toujours en vie ? rétorqua la vieille. Non mais !

Le flic fit un geste las :

— Déguerpissez !

Sur l'autre rive, il y avait un tas de gens. Un autocar voulait passer pour gagner l'auberge du Manoir. Il klaxonna.

Le rêve c'était de s'appeler Anneau et de regarder ce tas gonflé d'eau, cette foule poussiéreuse avide de voir du pâté de porc, du cadavre imbibé d'algues, et puis le soir d'aller boire du Ricard et de se faire des brochettes d'agneau au fond du jardin.

Les enfoirés, pensa Anneau.

Les gendarmes firent un cordon pour permettre à l'ambulance de rejoindre la route de Miniac, escortée par deux Peugeot noires et une estafette bleue de la gendarmerie de Dol. Anneau se promena les mains dans les poches, les espadrilles traînantes dans la poussière du chemin. Il était attiré par cette retenue d'eau.

Le soleil frappait son visage, côté encore humain. Des jeunes gens firent les cons sur le bord de la rive et finirent par en mettre un au jus. Adilia était du côté du grand panneau qui annonçait le démarrage du lotissement. Anneau vint lui dire bonjour.

— Vous savez, les roses sont fanées, dit-elle.

— Quelles roses ?

— Celles que vous aimiez, près du portail.

Anneau haussa les épaules avec un gentil sourire.

— Vous savez, Adilia, ce ne sont que des roses.

— Quand même, c'étaient des petites roses, qui tenaient une partie de l'été.

— J'ai dû verser du désherbant trop près.

Adilia tenait un grand filet à provisions.

— Qu'est-ce qu'il y a là-dedans ?

— Un gros chou vert. Vous aimez la palette ?

— C'est quoi ?

— C'est du porc. C'est très bon avec le chou.

Anneau se porta vers les ombrages, suivit le sentier le long de l'eau calme, coupa par le sous-bois et les ordures, longea le pré qui servait de parking les jours de fête. Il marcha sur la chaussée tiède en bordure de la forêt, et se baissa pour contempler une peau de serpent qui brillait dans le goudron chaud.

Des voitures passèrent dans un souffle. Le ciel devint lourd. Un long grondement traversa le ciel d'un bout à l'autre et les premières grosses gouttes d'eau commencèrent à frapper les feuillages. Anneau revint par une brisée envahie par les herbes. Il longea la clairière où ondulait de l'orge en vagues soyeuses.

L'enterrement eut lieu le lundi suivant. L'église de Miniac était une masse de granit sombre avec, à l'intérieur, des murs crépis blancs, un petit autel bien propre, du linge fin, des fleurs dans des pots à moutarde, des bancs cirés et une odeur de caveau humide même en plein été.

Dans le bas d'une muraille, il y avait un morceau de colonne romaine, un fragment soigneusement enchâssé par le maçon du coin, un ivrogne.

L'église était pleine. Beaucoup plus de femmes que d'hommes. Hélène était au premier rang, très digne, vaporeuse et noire avec, toutefois, des petites chaussures à lanière qui soulignaient la finesse de ses chevilles, ce qui déporta Anneau vers un érotisme de bon aloi.

L'homme aux lunettes d'acier était placé près d'une colonne, au-dessous du réflecteur d'un chauffage électrique constitué d'une simple tringle chauffante. L'harmonium jouait « Wie schön leuchtet der Morgenstern ». Anneau bénit le ciel quand le curé commença à chevroter en latin dans les fumées de l'encens balancées par deux gros garçons de ferme qui jetaient un œil effaré sur les côtés.

Le sermon fut épatant. Le prêtre parla de la chair de la vérité, des apôtres qui dormaient sans dormir, du Diable qui parfois se réveillait et du fer rouge du Mal qui nous entrait par tous les bouts. Ensuite, il y eut un paragraphe fait pour la circonstance qui rappelait que Parentier était mort dans la force de l'âge, seul et solitaire comme tous les puissants de la terre, mais aussi comme n'importe qui d'autre et qu'il y avait un besoin urgent de s'aider les uns les autres sinon y avait plus qu'à se livrer au désespoir.

Anneau sentit une fourmi, puis deux lui paralyser le pied. Voilà, c'était bien sûr évident : il avait des fourmis dans les pieds et surveillait l'homme aux lunettes d'acier. Il eut une sensation de malaise en examinant ces visages. C'étaient des visages gras, moustachus, pâles, poudrés, concentrés, renfrognés, lavés, maquillés, barbus, des visages avec parfois des mains jointes, des mains qui écartaient les doigts sur un gros missel, des mains qui se posaient sur une barre de bois ou trifouillaient quelque chose de métallique dans une poche.

Je suis comme ça, moi ? Même que non seulement je suis comme ça mais maintenant encore plus moche avec ma gueule liftée. Il huma à flots l'encens, cet air brumeux qui passait dans les colonnes de lumière qui tombaient d'un vitrail. Heureusement, le plafond passé au plâtre frais était blanc, lisse, immaculé comme la conception. Un rien de neutralité n'était pas pour lui déplaire. Une colonne de fidèles se forma et remonta, pieds traînants, la voix basse et les mains jointes vers la distribution des hosties. Les flammes des cierges brûlaient autour du cercueil tendu de grosses passementeries d'argent. Anneau se demanda ce qui se passait à l'intérieur de la boîte, ce silence molletonné. Un bébé joufflu essayait de saisir un bouquet des mains élégantes d'une grande rousse, sa maman. Un perroquet vert avec un œil rouge de lapin et un filet d'or sur les plumes ravissait l'homme aux lunettes d'acier qui avait suivi les Beaux-Arts dans sa jeunesse et qui ne permettait pas qu'on plaisante de l'art chrétien. La grande rousse avait une alliance et derrière sa chevelure il y avait une ville dorée dans une colline verdoyante où cabriolaient des chevaux. Allez en paix, dit le prêtre en descendant paternellement les trois marches de granit usé. Il avança parmi la foule et la bénit. Les assassins sont parmi nous.

XIII

Adilia était partie depuis une demi-heure. Anneau buvait un coca tiède en regardant Roland-Garros à la télévision. Le téléphone sonna.

— Myriam.

— Comment ?

— C'est Myriam.

— Qu'est-ce que tu veux ?

— Viens. Je dois te parler.

— Ça suffit !

— C'est important !

— Je n'ai pas le temps, je travaille.

— J'ai une angoisse.

— Prends un verre avec ton jules.

— Cesse de faire l'idiot et viens, supplia Myriam.

— Où ça ?

— À Saint-Malo, grand bassin, face au Rex.

— Voyons. C'est ridicule.

— Je t'en supplie, viens.

Le monde entier glissait vers la soirée. La

forêt serait bientôt dans le brouillard, bientôt le journal télévisé, les Malouines, la grande maison vide et ses meubles pourris, fermer la barrière.

— J'arrive, dit-il.

Après Châteauneuf, la Golf noire croisa l'estafette de la gendarmerie qui revenait de son poste de surveillance. Sommet de la côte d'où l'on domine la Rance. La Golf accéléra, doubla un car hollandais et découvrit l'estuaire, ses eaux paresseuses, l'ancienne minoterie avec ses verrières cassées et son porche de briques noircies.

Anneau baissa les vitres, écouta les informations, puis freina sec avant de se foutre dans les barrières des Ponts et Chaussées.

Il arriva avec cinq minutes d'avance au grand bassin. Grues grises, wagons à bestiaux laissés sur des voies envahies d'herbes, gros cul d'un cargo. Il y avait une caravane sur le parking au milieu des flaques d'eau. Anneau alluma une cigarette, sortit de la voiture. La lumière grise tremblait au ras des eaux du bassin. Plus loin le casino crépi sale avec son perron rouillé arts déco, ses vitres couvertes d'affichettes pour des bals. Anneau aurait voulu être ailleurs. Il avait faim. Il fit quelques pas vers les wagons et l'antre obscur d'un hangar quand il entendit un moteur poussé à fond. Une R 4 vert pomme fit un grand tour et freina à une vingtaine de mètres, s'arrêta pile sur les rails. Anneau n'eut pas le temps de comprendre. Il vit Hélène marcher vers lui, un fusil de chasse à moitié sorti de son imper. La détonation fut sèche et Anneau ne sentit rien. Il regarda sidéré Hélène déraper, basculer, tourbillonner tandis que le fusil tombait entre ses jambes.

— Hélène…

Hélène luttait contre quelque chose, seule, abandonnée sur ce mauvais terrain d'herbe rase et de rails. Il comprit qu'elle voulait se mettre debout. Anneau restait médusé à la regarder. Ses jambes étaient éclaboussées de sang et elle perdit une de ses chaussures.

Hélène trimballait sa propre mort avec elle en tourbillonnant.

— Qu'est-ce que vous attendez ?

Une Ford Impalla ronronnait doucement, avança un peu et alla se mettre à côté du corps d'Hélène. Une portière s'ouvrit et une seconde détonation troua le silence jusqu'aux nuages.

Le corps fut glissé dans le coffre, la Ford Impalla recula et l'homme aux lunettes d'acier se pencha vers la portière :

— Montez dans votre voiture et suivez-moi.

Anneau suivit comme un automate les feux rouges de cette lourde voiture chromée. Les deux voitures passèrent par le carrefour de la gare, montèrent vers Saint-Servan, dépassèrent le long mur du lycée et prirent la direction de Rennes. La

Ford déboîta et s'enfonça dans une petite route vers Saint-Pré, vira vers un chemin qui menait à un grand hangar à moitié caché par des haies touffues. Les deux voitures rebondirent sur d'anciens rails, puis la Ford se rua à l'assaut d'un talus avec un rugissement doux et une molle secousse de la carrosserie.

La voiture freina dans un tourbillon de poussière près d'une remise. La Golf noire traversa en diagonale et vint s'ajuster derrière la Ford en faisant un dérapage contrôlé. L'homme aux lunettes d'acier se frotta le nez et sortit de la voiture en souriant.

— Maintenant nous allons faire un peu de feu.

Il sortit trois jerricans d'essence, manifesta une énergie terrassante pour tirer le cadavre vers le volant, puis répandit de l'essence à gros bouillons roses sur le toit de la Ford.

La soirée sentait bon. Il circula autour de la voiture, demanda à Anneau de reculer sa Golf jusqu'à la route, puis flanqua le feu dans la voiture d'un coup de 38 dans le réservoir. Les vitres de la voiture se gondolèrent de reflets bleus. Une épaisse fumée se mit à rouler à l'intérieur avec des éclats secs. La Ford fut cachée par ces tourbillons poisseux qui ronflaient et s'élevaient dans le ciel bleu en une colonne paisible. On apercevait déjà l'étoile du berger.

— La journée est bien remplie, dit l'homme aux lunettes d'acier, en enfilant sa veste.

XIV

La salle de restaurant de l'hôtel Printania est particulièrement claire le soir. On y accède par un escalier carrelé avec des plantes vertes. La terrasse vitrée fait une avancée au-dessus de l'eau. L'estuaire de la Rance s'allume au loin. Des points lumineux viennent flotter en lourdes nappes près des quais.

Les vasques bleuâtres crépitent en rose, puis font tomber comme un brouillard une fausse lumière du jour.

L'homme aux lunettes d'acier avait réservé une table dans le coin gauche, derrière un pilier. Anneau s'était brossé les ongles, avait pris une douche, enfilé un polo marine à lignes blanches et un pantalon de toile kaki avec une ceinture tressée. Comme il était en avance, il s'était promené dans les rues encore tièdes de Dinard. On tirait les vieilles grilles de l'embarcadère devant les marches rouillées. La douceur de l'air formait une mélodie discrète, avec des jupes de femmes, des portes de bistrot ouvertes, des voitures indécises avec leurs plaques d'immatriculation étrangères.

Une serveuse allumait des bougies dans une salle de restaurant. La journée entrait doucement dans la nuit. Quelques invités montaient vers une fête à La Vicomté. Quand Anneau pénétra dans la salle du restaurant, l'homme aux lunettes d'acier était déjà assis devant un Martini. Il suçotait un citron et portait un costume de lin bleu avec une pochette grise. Deux ou trois couples suçaient des pinces de crabe, des clams, des oursins, se versaient des pleins verres de Muscadet et se coulaient des regards sucrés. Les serveuses avec leurs coiffes bretonnes marchaient sans bruit. Les portes de la cuisine se rabattaient comme des portes de saloon. On distinguait la ligne scintillante de Saint-Malo dans les couches bleutées du jour déclinant. Les chalutiers étaient des objets un peu sombres.

— Asseyez-vous.

L'homme aux lunettes d'acier écrasa son mégot et leva le nez.

— Je vous dois une explication.

Il regarda la baie de la Rance et s'enfonça dans son fauteuil d'osier.

— Je suis un homme ordinaire, dit-il.

Une serveuse traversa la salle dans un tintement de verres ballons.

— J'ai eu une enfance décevante, une adolescence un peu terne. Ensuite j'ai mené une double vie et ma femme en est morte. Je ne me sens pas viscéralement attaché à la vie. Voyez-vous ce que je veux dire ?

— Oui, dit, indécis, Anneau.

L'homme aux lunettes d'acier alluma un Havane.

— Disons que je ne m'accroche pas.

Quelques vieilles femmes surgirent de l'escalier, accompagnées par une hôtesse qui les plaça à une longue table. Les hommes vinrent ensuite. Ils avaient des vestes d'hiver un peu longues, le visage rouge et le crâne dégarni et blanc de ceux qui font les travaux des champs. Ils s'installèrent, posèrent des appareils photo, se mirent à parler ensemble. L'un d'eux ne trouvait pas de place pour s'asseoir.

— J'ai la passion de la vie, mais pas de *ma* vie.

Les serveuses à semelles compensées s'affairaient. On apporta des belons de Cancale sur de la glace pilée.

Le ciel restait bleu clair. La nuit était déjà au ras des eaux. L'homme aux lunettes d'acier poursuivit :

— J'ai travaillé dans la police parisienne mais, là encore, je n'étais pas particulièrement attaché ni aux lois ni à la paperasse et je ne sautais pas de joie en pénétrant le matin dans mon bureau.

Il glissa une main vers la bouteille de Chablis et remplit les deux verres ballon.

— La vanité, la douleur, les sentiments, oui, c'est bien. Le sang, c'est en plus puisque tout finit dans le sang.

Anneau déboutonna le col de son polo.

— Vous n'avez pas compris Hélène Parentier. Cela a failli vous coûter la vie, ce qui est peu.

Il appela une serveuse :

— Je voudrais une eau minérale.

Ensuite il sortit de son veston un livre de poche éclaboussé de sang, « La Duchesse de Langeais ».

— Ce livre aurait dû vous sauver.

Il avala une huître après avoir pincé une rondelle de citron dessus.

— La première fois que j'ai vu cette femme, elle se promenait dans l'allée de marronniers en lisant ce livre. Je vous le donne.

L'homme posa le Poche sur la nappe.

— Gardez-le.

Il versa du Chablis dans le verre d'Anneau.

— Vous n'avez aucun don d'observation. Vous êtes comme vos contemporains. Vous n'écoutez que vous-même. Vous parlez pour qu'on vous écoute que c'en est un régal.

Une serveuse fit basculer une baie vitrée. Une odeur d'eau pourrie vint par bouffées jusqu'à la table.

— Vous vous êtes trompé sur Hélène. C'était une femme rare. Elle vivait en silence. Elle vivait cloîtrée comme Antoinette de Langeais. Vous n'avez aucune idée de ces femmes qui se font une idée religieuse de l'amour.

D'un geste il balaya des miettes de pain et en croqua une.

Le vent agitait les bougies placées sur les tables. La longue tablée de vieillards mangeait en silence une soupe de poisson. Les vitres devenaient bleu nuit avec les reflets de la salle.

— Vous n'avez connu que des petites sauteuses dans le genre de Myriam. Hélène était une âme rare, délicate, qui n'avait rien laissé deviner du calvaire qu'elle menait à côté de son mari. Elle attendait avec une fermeté délicieuse, avec une rigueur inébranlable que vous tuiez son époux. Vous êtes tombé sur une âme romantique, supérieure et mélancolique.

Il ajouta :

— Elle vous donnait l'occasion de regagner votre propre estime.

Le vent agita les feuilles d'un carnet oublié sur la table voisine.

— Quand elle a compris que vous rabaissiez tout, que vous continuiez à voir cette Myriam, quelque chose s'est cassé en elle. Ce n'était pas difficile à voir ni à comprendre. Elle vous a fait un cadeau merveilleux. Elle vous a assez aimé pour avoir eu envie de vous tuer.

Il essuya le bord de son verre, regarda arriver d'un œil méfiant la sole meunière avec des pommes à l'anglaise.

Anneau, muet, dégageait les arêtes de son poisson et mâchonnait ses pommes persillées avec application.

L'homme aux lunettes d'acier soupira :

— Que de choses sur cette terre…

Ils arrivèrent au dessert en silence. Un vieillard tournait autour de la longue table du milieu pour prendre en photo le gigot haricots verts qu'on venait d'apporter avec magnificence. Sous une lumière bleutée, l'eau de l'estuaire ressemblait à un champ qui ondulait. Les odeurs croupies montaient par bouffées. Anneau suçota sa glace à la fraise sans plaisir :

— Je rentre ce soir à Paris, dit l'homme aux lunettes d'acier.

Ils regagnèrent la promenade de la digue. Des adolescents glissaient dans la pénombre avec leurs cigarettes rougeoyantes. Le Crystal Palace était éclairé. La mer déferlait en bandes fluorescentes et douces. Les villas étaient toutes allumées, avec des familles dînant dans la pénombre.

Le sable fin sous les semelles, les deux hommes avancèrent vers l'eau.

— N'oubliez pas le livre, dit l'homme.

Il jeta son Havane dans les premières vagues.

— Et moi, demanda Anneau, comment je vais me débrouiller ?

— Continuez.

— Je continue quoi ?

L'homme haussa les épaules, puis se détourna

et regagna la digue du côté de la piscine olympique.

Anneau vit les lourdes vagues venir vers lui, portant la nuit, les ténèbres et l'horizon. Les gens envahissaient les terrasses des cafés.

XV

Le matin du 31 mai, Anneau sortit deux fauteuils Voltaire sous les ormes pour faire sécher le vernis. Il prit la Golf, fit des courses à Miniac, revint à onze heures avec les journaux et rangea la voiture sous les ormes.

L'air était tiède, la journée légèrement orageuse. Adilia avait ouvert toutes les fenêtres et secouait des descentes de lit.

Anneau traîna un fauteuil d'osier sous les feuillages assombris par les nuages, commanda un café. Adilia apporta le plateau laqué noir avec une tasse en faïence blanche décorée d'un filet rose peint à la main. Elle avait sorti une cafetière blanche en porcelaine dont on se servait rarement.

— Pourquoi vous avez sorti cette cafetière ?

— C'est la Pentecôte, dit Adilia.

Elle versa un café noir épais. Anneau feuilletait *Ouest-France*. Les Français perdaient à Roland-Garros. Les Malouines n'étaient pas tout à fait reconquises par les Anglais. Ce soir, à la télévision, on donnait « L'attente des femmes » de Bergman. Adilia déplaçait des meubles dans le salon. Anneau bâilla et jeta le journal dans l'herbe.

Une poussière de fin d'été se déposait sur les feuillages. Le jeune bouleau planté récemment avait quelque chose de lumineux, de frêle et d'acide. De multiples taches tendres se balançaient dans le vent doux. Anneau s'extirpa de son fauteuil d'osier, redressa son dos voûté et alla taper une facture dans son bureau sur sa vieille Remington. Il laissa passer un long temps. Les cloches de l'église de Miniac sonnèrent, la verdure s'ensoleilla par la fenêtre ouverte.

— Vous préférez du filet ou de l'échine désossée ? demanda Adilia par la porte entrouverte.

— Faites comme vous voulez, Adilia.

Anneau se sentit oppressé. Il monta dans la chambre, changea ses chaussettes noires pour des chaussettes blanches, se pencha vers la glace du lavabo pour constater que sa tache lie de vin, ce visage râpé par une sinistre écorchure ne s'était pas arrangé.

Il avala deux Aspegic, rangea ses pantalons, plia deux chemises portées mais pas vraiment sales, plaça les annuaires bien en pile sous la fenêtre et scruta dans les feuillages des ormes ce trou sombre dans lequel s'ébattaient des oiseaux.

Le temps était lourd. Les Français en vacances étaient sur les routes, sur les plages, partout. Il revint vers le baraquement. Les deux fauteuils

Voltaire séchaient dans l'herbe au soleil. Adilia avait enfilé son manteau et fermait les lourds volets de bois de la cuisine.

— Vous partez ?

— Oui, dit-elle. Votre déjeuner est servi.

— Passez une bonne journée, Adilia.

Elle franchissait le portail repeint quand on entendit un véhicule, puis un autre. L'estafette de la gendarmerie apparut au ralenti, suivie d'une 504 bleue avec deux antennes. Adilia ouvrit la barrière et Anneau baissa le journal dans lequel il s'était replongé. Il reconnut Sorin et Raillane. L'estafette s'était rangée derrière la Golf noire, dans la verdure. La 504 devant. Un grand type en costume beige et chemise rose en sortit.

Anneau eut envie de demander à Adilia de rester mais celle-ci avait devancé l'invitation et retournait vers la cuisine en ôtant son imper. Anneau la bénit. Il vint au devant des gendarmes Sorin et Raillane. Adilia prépara un grand plateau avec une, deux, trois, quatre tasses ; elle trouva même des gâteaux au fond de l'armoire, des vieux biscuits anglais qu'Anneau aimait. Elle prépara le café avec beaucoup de précaution pour que ce soit le meilleur café jamais bu par son maître.

Du coin de l'œil par la fenêtre, elle surveillait ce qui se passait autour de la table de jardin. Anneau était entouré par Raillane et Sorin. L'homme avec une chemise rose s'était mis en face. Ils étaient assis et muets. Des flics, songea-t-elle.

Elle apporta le plateau chargé.

— Merci, Adilia, dit Anneau.

Elle revint dans la cuisine, rangea le couvert qui était préparé, balança la salade de tomates dans la poubelle, remit l'assiette sur la pile et flanqua le pain dans un sac en plastique. Elle vint se placer devant l'évier et retint ses larmes. Elle regrettait maintenant d'avoir quitté le Portugal. Elle se tourna vers la fenêtre. Les gendarmes et Anneau buvaient en silence.

Anneau dit :

— Ce n'est pas un rôle facile à tenir.

Sorin sortit les menottes qui tintèrent, brillèrent comme un ustensile tout neuf. Raillane fit un signe : ce n'était pas la peine. Anneau suivit les gendarmes sans faire d'histoire. Adilia baissa la manette qui commandait l'alimentation du chauffe-eau. Elle débrancha le frigo, vida l'eau de vaisselle. Les feuillages étaient assombris par le ciel gris. Il faisait lourd. Les hirondelles commençaient à zigzaguer au ras des feuillages.

DU MÊME AUTEUR

Aux Éditions Gallimard

EXIT (Folio n° 3010)

JE TUE À LA CAMPAGNE (Folio Policier n° 221)

PARUTIONS FOLIO POLICIER

Dernières parutions

1.	Maurice G. Dantec	*La sirène rouge*
2.	Thierry Jonquet	*Les orpailleurs*
3.	Tonino Benacquista	*La maldonne des sleepings*
4.	Jean-Patrick Manchette	*La position du tireur couché*
5.	Jean-Bernard Pouy	*RN 86*
6.	Alix de Saint-André	*L'ange et le réservoir de liquide à freins*
7.	Stephen Humphrey Bogart	*Play it again*
8.	William Coughlin	*Vices de forme*
9.	Björn Larsson	*Le Cercle celtique*
10.	John Sandford	*Froid dans le dos*
11.	Marc Behm	*Mortelle randonnée*
12.	Tonino Benacquista	*La commedia des ratés*
13.	Raymond Chandler	*Le grand sommeil*
14.	Jerome Charyn	*Marilyn la Dingue*
15.	Didier Daeninckx	*Meurtres pour mémoire*
16.	David Goodis	*La pêche aux avaros*
17.	Dashiell Hammett	*La clé de verre*
18.	Tony Hillerman	*Le peuple de l'ombre*
19.	Chester Himes	*Imbroglio negro*
20.	Sébastien Japrisot	*L'été meurtrier*
21.	Sébastien Japrisot	*Le passager de la pluie*
22.	Pierre Magnan	*Le commissaire dans la truffière*
23.	Jean-Patrick Manchette	*Le petit bleu de la côte Ouest*
24.	Horace McCoy	*Un linceul n'a pas de poches*
25.	Jean-Bernard Pouy	*L'homme à l'oreille croquée*
26.	Jim Thompson	*1 275 âmes*
27.	Don Tracy	*La bête qui sommeille*
28.	Jean Vautrin	*Billy-ze-Kick*
29.	Donald E. Westlake	*L'assassin de papa*
30.	Charles Williams	*Vivement dimanche !*

31. Stephen Dobyns	*Un chien dans la soupe*
32. Donald Goines	*Ne mourez jamais seul*
33. Frédéric H. Fajardie	*Sous le regard des élégantes*
34. Didier Daeninckx	*Mort au premier tour*
35. Raymond Chandler	*Fais pas ta rosière*
36. Harry Crews	*Body*
37. David Goodis	*Sans espoir de retour*
38. Dashiell Hammett	*La moisson rouge*
39. Chester Himes	*Ne nous énervons pas!*
40. William Irish	*L'heure blafarde*
41. Boileau-Narcejac	*Maléfices*
42. Didier Daeninckx	*Le bourreau et son double*
43. Sébastien Japrisot	*La dame dans l'auto avec des lunettes et un fusil*
44. Jean-Patrick Manchette	*Fatale*
45. Georges Simenon	*Le locataire*
46. Georges Simenon	*Les demoiselles de Concarneau*
47. Jean Amila	*Noces de soufre*
48. Walter Kempley	*L'ordinateur des pompes funèbres*
49. Tonino Benacquista	*Trois carrés rouges sur fond noir*
50. Dashiell Hammett	*Le faucon de Malte*
51. Hervé Jaouen	*Connemara Queen*
52. Thierry Jonquet	*Mygale*
53. Auguste Le Breton	*Du rififi chez les hommes*
54. Georges Simenon	*Le suspect*
55. Emmanuel Errer	*Descente en torche*
56. Francisco Gonzáles Ledesma	*La dame de Cachemire*
57. Raymond Chandler	*Charades pour écroulés*
58. Robin Cook	*Le soleil qui s'éteint*
59. Didier Daeninckx	*Le der des ders*
60. Didier Daeninckx	*La mort n'oublie personne*
61. Georges Simenon	*L'assassin*
62. Howard Fast (E.V. Cunningham)	*Tu peux crever!*
63. Maurice G. Dantec	*Les racines du mal*
64. René Barjavel	*La peau de César*

65. Didier Daeninckx	*Lumière noire*
66. Chester Himes	*La reine des pommes*
67. Sébastien Japrisot	*Compartiments tueurs*
68. James Crumley	*La danse de l'ours*
69. Marc Villard	*La porte de derrière*
70. Boileau-Narcejac	*Sueurs froides*
71. Didier Daeninckx	*Le géant inachevé*
72. Chester Himes	*Tout pour plaire*
73. Sébastien Japrisot	*Piège pour Cendrillon*
74. Pierre Magnan	*Les charbonniers de la mort*
75. Jean-Patrick Manchette	*L'affaire N'Gustro*
76. Jean-Bernard Pouy	*La belle de Fontenay*
77. A.C. Weisbecker	*Cosmix Banditos*
78. Raymond Chandler	*La grande fenêtre*
79. Pierre Magnan	*Les courriers de la mort*
80. Harry Crews	*La malédiction du gitan*
81. Michael Guinzburg	*Envoie-moi au ciel, Scotty*
82. Boileau-Narcejac	*Le bonsaï*
83. W.R. Burnett	*Quand la ville dort*
84. Didier Daeninckx	*Un château en Bohême*
85. Didier Daeninckx	*Le facteur fatal*
86. Didier Daeninckx	*Métropolice*
87. Pierre Magnan	*La maison assassinée*
88. Pierre Magnan	*Le mystère de Séraphin*
89. Jean-Patrick Manchette	*Morgue pleine*
90. Georges Simenon	*Les inconnus dans la maison*
91. Stephen Humphrey Bogart	*Le remake*
92. Mark McShane	*Les écorchés*
93. Boileau-Narcejac	*Terminus*
94. Jérôme Charyn	*Les filles de Maria*
95. Robin Cook	*Il est mort les yeux ouverts*
96. Georges Simenon	*L'homme qui regardait passer les trains*
97. Georges Simenon	*Touriste de bananes*
98. Georges Simenon	*Vérité sur Bébé Donge*
99. Georges Simenon	*Le cercle des Mahé*
100. Georges Simenon	*Ceux de la soif*
101. Georges Simenon	*Coup de vague*

102.	Boileau-Narcejac	*Carte vermeil*
103.	Boileau-Narcejac	*Celle qui n'était plus*
104.	Boileau-Narcejac	*J'ai été un fantôme*
105.	Chester Himes	*L'aveugle au pistolet*
106.	Thierry Jonquet	*La bête et la belle*
107.	Pierre Magnan	*Le secret des Andrônes*
108.	Pierre Magnan	*La folie Forcalquier*
109.	Pierre Magnan	*Le sang des Atrides*
110.	Georges Simenon	*Le bourgmestre de Furnes*
111.	Georges Simenon	*Le voyageur de la Toussaint*
112.	Jean-Patrick Manchette	*Nada*
113.	James Ross	*Une poire pour la soif*
114.	Joseph Bialot	*Le salon du prêt-à-saigner*
115.	William Irish	*J'ai épousé une ombre*
116.	John Le Carré	*L'appel du mort*
117.	Horace McCoy	*On achève bien les chevaux*
118.	Rendell-Simpson	*Heures fatales*
119.	Thierry Jonquet	*Mémoire en cage*
120.	John Sandford	*Froid aux yeux*
121.	Jean-Patrick Manchette	*Que d'os*
122.	James M. Cain	*Le facteur sonne toujours deux fois*
123.	Raymond Chandler	*Adieu, ma jolie*
124.	Pascale Fonteneau	*La puissance du désordre*
125.	Sylvie Granotier	*Courrier posthume*
126.	Yasmina Khadra	*Morituri*
127.	Jean-Bernard Pouy	*Spinoza encule Hegel*
128.	Patrick Raynal	*Nice 42e rue*
129.	Jean-Bernard Reboux	*Le massacre des innocents*
130.	Robin Cook	*Les mois d'avril sont meurtriers*
131.	Didier Daeninckx	*Play Back*
132.	John Le Carré	*L'espion qui venait du froid*
133.	Pierre Magnan	*Le secret de Laviolette*
134.	Georges Simenon	*La Marie du port*
135.	Bernhard Schlink/ Walter Popp	*Brouillard sur Mannheim*
136.	Donald Westlake	*Château en Esbroufe*

137.	Hervé Jaouen	*Hôpital souterrain*
138.	Raymond Chandler	*La dame du lac*
139.	David Goodis	*L'allumette facile*
140.	Georges Simenon	*Le testament Donadieu*
141.	Charles Williams	*La mare aux diams*
142.	Boileau-Narcejac	*La main passe*
143.	Robert Littell	*Ombres rouges*
144.	Ray Ring	*Arizona kiss*
145.	Gérard Delteil	*Balles de charité*
146.	Robert L. Pike	*Tout le monde au bain*
147.	Rolo Diez	*L'effet tequila*
148.	Yasmina Khadra	*Double blanc*
149.	Jean-Bernard Pouy	*À sec*
150.	Jean-Jacques Reboux	*Poste mortem*
151.	Pascale Fonteneau	*Confidences sur l'escalier*
152.	Patrick Raynal	*La clef de Seize*
153.	A.D.G.	*Pour venger pépère*
154.	James Crumley	*Les serpents de la frontière*
155.	Ian Rankin	*Le carnet noir*
156.	Louis C. Thomas	*Une femme de trop*
157.	Robert Littell	*Les enfants d'Abraham*
158.	Georges Simenon	*Faubourg*
159.	Georges Simenon	*Les trois crimes de mes amis*
160.	Georges Simenon	*Le rapport du gendarme*
161.	Stéphanie Benson	*Une chauve-souris dans le grenier*
162.	Pierre Siniac	*Reflets changeants sur mare de sang*
163.	Nick Tosches	*La religion des ratés*
164.	Frédéric H. Fajardie	*Après la pluie*
165.	Matti Yrjana Joensuu	*Harjunpää et le fils du policier*
166.	Yasmina Khadra	*L'automne des chimères*
167.	Georges Simenon	*La Marie du Port*
168.	Jean-Jacques Reboux	*Fondu au noir*
169.	Dashiell Hammett	*Le sac de Couffignal*
170.	Sébastien Japrisot	*Adieu l'ami*
171.	A.D.G.	*Notre frère qui êtes odieux...*

172.	William Hjortsberg	*Nevermire*
173.	Gérard Delteil	*Riot Gun*
174.	Craig Holden	*Route pour l'enfer*
175.	Nick Tosches	*Trinités*
176.	Frédéric H. Fajardie	*Clause de style*
177.	Alain Page	*Tchaso Pantin*
178.	Harry Crews	*La foire aux serpents*
179.	Stéphanie Benson	*Un singe sur le dos*
180.	Lawrence Block	*Une danse aux abattoirs*
181.	Georges Simenon	*Les sœurs Lacroix*
182.	Georges Simenon	*Le cheval blanc*
183.	Albert Simonin	*Touchez pas au grisbi*
184.	Jean-Bernard Pouy	*Suzanne et les ringards*
185.	Pierre Siniac	*Les monte-en-l'air sont là !*
186.	Robert Stone	*Les guerriers de l'enfer*
187.	Sylvie Granotier	*Sueurs chaudes*
188.	Boileau-Narcejac	*Et mon tout est un homme...*
189.	A.D.G.	*On n'est pas des chiens*
190.	Jean Amila	*Le boucher des hurlus*
191.	Robert Sims Reid	*Cupide*
192.	Max Allan Collins	*La mort est sans remède*
193.	Jean-Bernard Pouy	*Larchmütz 5632194*
194.	Jean-Claude Izzo	*Total Khéops*
195.	Jean-Claude Izzo	*Chourmo*
196.	Jean-Claude Izzo	*Solea*
197.	Tom Topor	*L'orchestre des ombres*
198.	Pierre Magnan	*Le tombeau d'Hélios*
199.	Thierry Jonquet	*Le secret du rabbin*
200.	Robert Littell	*Le fil rouge*
201.	Georges Simenon	*L'aîné des Ferchaux*
202.	Patrick Raynal	*Le marionnettiste*
203.	Didier Daeninckx	*La Repentie*
204.	Thierry Jonquet	*Moloch*
205.	Charles Williams	*Le pigeon*
206.	Francisco Gonzalez Ledesma	*Les rues de Barcelone*
207.	Boileau-Narcejac	*Les louves*

COLLECTION FOLIO

Dernières parutions

3353. Endô Shûsaku	*Le fleuve sacré.*
3354. René Frégni	*Où se perdent les hommes.*
3355. Alix de Saint-André	*Archives des anges.*
3356. Lao She	*Quatre générations sous un même toit II.*
3357. Bernard Tirtiaux	*Le puisatier des abîmes.*
3358. Anne Wiazemsky	*Une poignée de gens.*
3359. Marguerite de Navarre	*L'Heptaméron.*
3360. Annie Cohen	*Le marabout de Blida.*
3361. Abdelkader Djemaï	*31, rue de l'Aigle.*
3362. Abdelkader Djemaï	*Un été de cendres.*
3363. J.P. Donleavy	*La dame qui aimait les toilettes propres.*
3364. Lajos Zilahy	*Les Dukay.*
3365. Claudio Magris	*Microcosmes.*
3366. Andreï Makine	*Le crime d'Olga Arbélina.*
3367. Antoine de Saint-Exupéry	*Citadelle (édition abrégée).*
3368. Boris Schreiber	*Hors-les-murs.*
3369. Dominique Sigaud	*Blue Moon.*
3370. Bernard Simonay	*La lumière d'Horus (La première pyramide III).*
3371. Romain Gary	*Ode à l'homme qui fut la France.*
3372. Grimm	*Contes.*
3373. Hugo	*Le Dernier Jour d'un Condamné.*
3374. Kafka	*La Métamorphose.*
3375. Mérimée	*Carmen.*
3376. Molière	*Le Misanthrope.*
3377. Molière	*L'École des femmes.*
3378. Racine	*Britannicus.*
3379. Racine	*Phèdre.*
3380. Stendhal	*Le Rouge et le Noir.*
3381. Madame de Lafayette	*La Princesse de Clèves.*
3382. Stevenson	*Le Maître de Ballantrae.*
3383. Jacques Prévert	*Imaginaires.*

3384. Pierre Péju — *Naissances.*
3385. André Velter — *Zingaro suite équestre.*
3386. Hector Bianciotti — *Ce que la nuit raconte au jour.*
3387. Chrystine Brouillet — *Les neuf vies d'Edward.*
3388. Louis Calaferte — *Requiem des innocents.*
3389. Jonathan Coe — *La Maison du sommeil.*
3390. Camille Laurens — *Les travaux d'Hercule.*
3391. Naguib Mahfouz — *Akhénaton le renégat.*
3392. Cees Nooteboom — *L'histoire suivante.*
3393. Arto Paasilinna — *La cavale du géomètre.*
3394. Jean-Christophe Rufin — *Sauver Ispahan.*
3395. Marie de France — *Lais.*
3396. Chrétien de Troyes — *Yvain ou le Chevalier au Lion.*
3397. Jules Vallès — *L'Enfant.*
3398. Marivaux — *L'Île des Esclaves.*
3399. R.L. Stevenson — *L'Île au trésor.*
3400. Philippe Carles et Jean-Louis Comolli — *Free jazz, Black power.*
3401. Frédéric Beigbeder — *Nouvelles sous ecstasy.*
3402. Mehdi Charef — *La maison d'Alexina.*
3403. Laurence Cossé — *La femme du premier ministre.*
3404. Jeanne Cressanges — *Le luthier de Mirecourt.*
3405. Pierrette Fleutiaux — *L'expédition.*
3406. Gilles Leroy — *Machines à sous.*
3407. Pierre Magnan — *Un grison d'Arcadie.*
3408. Patrick Modiano — *Des inconnues.*
3409. Cees Nooteboom — *Le chant de l'être et du paraître.*
3410. Cees Nooteboom — *Mokusei !*
3411. Jean-Marie Rouart — *Bernis le cardinal des plaisirs.*
3412. Julie Wolkenstein — *Juliette ou la paresseuse.*
3413. Geoffrey Chaucer — *Les Contes de Canterbury.*
3414. Collectif — *La Querelle des Anciens et des Modernes.*
3415. Marie Nimier — *Sirène.*
3416. Corneille — *L'Illusion Comique.*
3417. Laure Adler — *Marguerite Duras.*
3418. Clélie Aster — *O.D.C.*
3419. Jacques Bellefroid — *Le réel est un crime parfait, Monsieur Black.*
3420. Elvire de Brissac — *Au diable.*
3421. Chantal Delsol — *Quatre.*

3422. Tristan Egolf — *Le seigneur des porcheries.*
3423. Witold Gombrowicz — *Théâtre.*
3424. Roger Grenier — *Les larmes d'Ulysse.*
3425. Pierre Hebey — *Une seule femme.*
3426. Gérard Oberlé — *Nil rouge.*
3427. Kenzaburô Ôé — *Le jeu du siècle.*
3428. Orhan Pamuk — *La vie nouvelle.*
3429. Marc Petit — *Architecte des glaces.*
3430. George Steiner — *Errata.*
3431. Michel Tournier — *Célébrations.*
3432. Abélard et Héloïse — *Correspondances.*
3433. Charles Baudelaire — *Correspondance.*
3434. Daniel Pennac — *Aux fruits de la passion.*
3435. Béroul — *Tristan et Yseut.*
3436. Christian Bobin — *Geai.*
3437. Alphone Boudard — *Chère visiteuse.*
3438. Jerome Charyn — *Mort d'un roi du tango.*
3439. Pietro Citati — *La lumière de la nuit.*
3440. Shûsaku Endô — *Une femme nommée Shizu.*
3441. Frédéric. H. Fajardie — *Quadrige.*
3442. Alain Finkielkraut — *L'ingratitude.* Conversation sur notre temps
3443. Régis Jauffret — *Clémence Picot.*
3444. Pascale Kramer — *Onze ans plus tard.*
3445. Camille Laurens — *L'Avenir.*
3446. Alina Reyes — *Moha m'aime.*
3447. Jacques Tournier — *Des persiennes vert perroquet.*
3448. Anonyme — *Pyrame et Thisbé, Narcisse, Philomena.*
3449. Marcel Aymé — *Enjambées.*
3450. Patrick Lapeyre — *Sissy, c'est moi.*
3451. Emmanuel Moses — *Papernik.*
3452. Jacques Sternberg — *Le cœur froid.*
3453. Gérard Corbiau — *Le Roi danse.*
3455. Pierre Assouline — *Cartier-Bresson (L'œil du siècle).*
3456. Marie Darrieussecq — *Le mal de mer.*
3457. Jean-Paul Enthoven — *Les enfants de Saturne.*
3458. Bossuet — *Sermons. Le Carême du Louvre.*
3459. Philippe Labro — *Manuella.*

3460. J.M.G. Le Clézio — *Hasard* suivi de *Angoli Mala.*
3461. Joëlle Miquel — *Mal-aimés.*
3462. Pierre Pelot — *Debout dans le ventre blanc du silence.*
3463. J.-B. Pontalis — *L'enfant des limbes.*
3464. Jean-Noël Schifano — *La danse des ardents.*
3465. Bruno Tessarech — *La machine à écrire.*
3466. Sophie de Vilmorin — *Aimer encore.*
3467. Hésiode — *Théogonie* et autres poèmes.
3468. Jacques Bellefroid — *Les étoiles filantes.*
3469. Tonino Benacquista — *Tout à l'ego.*
3470. Philippe Delerm — *Mister Mouse.*
3471. Gérard Delteil — *Bugs.*
3472. Benoît Duteurtre — *Drôle de temps.*
3473. Philippe Le Guillou — *Les sept noms du peintre.*
3474. Alice Massat — *Le Ministère de l'intérieur.*
3475. Jean d'Ormesson — *Le rapport Gabriel.*
3476. Postel & Duchâtel — *Pandore et l'ouvre-boîte.*
3477. Gilbert Sinoué — *L'enfant de Bruges.*
3478. Driss Chraïbi — *Vu, lu, entendu.*
3479. Hitonari Tsuji — *Le Bouddha blanc.*
3480. Denis Diderot — *Les Deux amis de Bourbonne* (à paraître).
3481. Daniel Boulanger — *Le miroitier.*
3482. Nicolas Bréhal — *Le sens de la nuit.*
3483. Michel del Castillo — *Colette, une certaine France.*
3484. Michèle Desbordes — *La demande.*
3485. Joël Egloff — *«Edmond Ganglion & fils».*
3486. Françoise Giroud — *Portraits sans retouches (1945-1955).*
3487. Jean-Marie Laclavetine — *Première ligne.*
3488. Patrick O'Brian — *Pablo Ruiz Picasso.*
3489. Ludmila Oulitskaïa — *De joyeuses funérailles.*
3490. Pierre Pelot — *La piste du Dakota.*
3491. Nathalie Rheims — *L'un pour l'autre.*
3492 Jean-Christophe Rufin — *Asmara et les causes perdues.*
3493. Anne Radcliffe — *Les Mystères d'Udolphe.*
3494. Ian McEwan — *Délire d'amour.*
3495. Joseph Mitchell — *Le secret de Joe Gould.*
3496. Robert Bober — *Berg et Beck.*
3497. Michel Braudeau — *Loin des forêts.*

3498.	Michel Braudeau	*Le livre de John.*
3499.	Philippe Caubère	*Les carnets d'un jeune homme.*
3500.	Jerome Charyn	*Frog.*
3501.	Catherine Cusset	*Le problème avec Jane.*
3502.	Catherine Cusset	*En toute innocence.*
3503.	Marguerite Duras	*Yann Andréa Steiner.*
3504.	Leslie Kaplan	*Le Psychanalyste.*
3505.	Gabriel Matzneff	*Les lèvres menteuses.*
3506.	Richard Millet	*La chambre d'ivoire...*
3507.	Boualem Sansal	*Le serment des barbares.*
3508.	Martin Amis	*Train de nuit.*
3509.	Andersen	*Contes choisis.*
3510.	Defoe	*Robinson Crusoé.*
3511.	Dumas	*Les Trois Mousquetaires.*
3512.	Flaubert	*Madame Bovary.*
3513.	Hugo	*Quatrevingt-treize.*
3514.	Prévost	*Manon Lescaut.*
3515.	Shakespeare	*Roméo et Juliette.*
3516.	Zola	*La Bête humaine.*
3517.	Zola	*Thérèse Raquin.*
3518.	Frédéric Beigbeder	*L'amour dure trois ans.*
3519.	Jacques Bellefroid	*Fille de joie.*
3520.	Emmanuel Carrère	*L'Adversaire.*
3521.	Réjean Ducharme	*Gros Mots.*
3522.	Timothy Findley	*La fille de l'Homme au Piano.*
3523.	Alexandre Jardin	*Autobiographie d'un amour.*
3524.	Frances Mayes	*Bella Italia.*
3525.	Dominique Rolin	*Journal amoureux.*
3526.	Dominique Sampiero	*Le ciel et la terre.*
3527.	Alain Veinstein	*Violante.*
3528.	Lajos Zilahy	*L'Ange de la Colère (Les Dukay tome II).*
3529.	Antoine de Baecque et Serge Toubiana	*François Truffaut.*
3530.	Dominique Bona	*Romain Gary.*
3531.	Gustave Flaubert	*Les Mémoires d'un fou. Novembre. Pyrénées-Corse. Voyage en Italie.*
3532.	Vladimir Nabokov	*Lolita.*
3533.	Philip Roth	*Pastorale américaine.*
3534.	Pascale Froment	*Roberto Succo.*

Composition Nord Compo.
Impression Société Nouvelle Firmin-Didot
à Mesnil-sur-l'Estrée, le 3 octobre 2001.
Dépôt légal : octobre 2001.
Numéro d'imprimeur : 56921.

ISBN 2-07-041939-8/Imprimé en France.

2246